さようならと言ってなかった

わが愛わが罪

猪瀬直樹
Naoki Inose

マガジンハウス

さようならと言ってなかった

わが愛　わが罪

目次

第一章　ある日、突然に

第二章　何もなくても愛があれば

第三章　走り抜けて

ブックデザイン　鈴木成一デザイン室

第一章 ある日、突然に

「花嫁は夜汽車にのって」上京する。
22歳の春。希望と不安の前途。

予兆

「公園まで連れて行ったのだけれど、入口のところで立ち往生しちゃったのよ」

妻ゆり子が入院する少し前、二〇一三年（平成二十五年）五月中旬のことである。

立ち往生したのは妻ではなく十二歳の飼い犬である。

これまで病気ひとつしたことがない活発な動きをする我が家の犬に突如訪れた失調が、まさか妻自身の失調の不吉な予告になるとは、思いもかけないことだった。

十二年間毎日、朝夕ともに散歩した妻と飼い犬との間でテレパシーのように通じ合うものがあったのか、といまでも不可思議な戸惑いは残っている。虫の知らせ、があるとしたらこういうものなのだろうか。

犬を飼いはじめたのは二十五年前である。娘が中学生、息子が小学生のころだった。集合住宅から庭のある一軒家に移り住み、子どもたちの情操教育のために犬をプレゼントしてあげたいと思うと、妻ゆり子に提案した。ゆり子は動物は苦手で、犬でも猫でも怖いから厭、と最初は反対したが、朝起きて散歩をさせるなど犬の世話を通して四季を感じることは子どもたちのために必要、と僕が強く説得したので折れた。

僕は小学生の息子を連れてペットショップを何軒も巡り、そのころ流行っていた人気のシベリアンハスキーに決めた。息子は、歌舞伎役者のような隈取りの顔をしたハスキーが気に入った。ハスキーは静かな犬で、人に対しては吠えず、たまに狼のように空を見上げてウォーォと吠える。堂々としていた。我が家に幸運をもたらすかのようで、ラッキーと命名した。息子は得意気に家を飛び出してラッキーを散歩に連れて行った。大型犬なので引きずられることもあったが、性格的にはおとなしい犬だった。

娘は大学を卒業し、息子も大学に入学し、ラッキーは役割を終えたかのように十歳で死んだ。

それから一年が過ぎ、僕はもう一度、犬を飼いたい、と妻ゆり子に言った。ゆり子は、子どもたちも大人になりかけて不在のときが多いので、散歩をさせる役割は誰がするのかと反対した。僕は都心の仕事場暮らしだから、たまに帰宅したときぐらい犬の散歩でもしないと運動不足になってしまうと主張した。

二代目ラッキーは、オーストラリアンケルピーという日本ではほとんどいない珍しい犬種で、運動量が多い。「その辺で見かける犬はいやだ」と僕のこだわり癖の結果、オーストラリアにいた狼の特徴を残したディンゴという野犬とイギリスの牧羊犬の混血した犬種で、たまたま犬の百科事典で調べてブリーダーに見つけてもらった。羊の背中に飛び乗っている写真があるぐらい、筋力のバネが強い中型犬である。毛は焦げ茶色で体重は成犬になって二二キロぐらいだが野性的で運動量が半端でない飼いにくい犬だったのだ。

「自分で飼いたい、と勝手に決めて、結局、何もやらないのは無責任じゃない。わたしは犬なんて嫌いなんだから」

妻がしばしば不平を言うが、僕はごめんごめんと聞き流していた。飼いたい、と言った僕は結局、都心の仕事場で活動する時間が多く帰宅する日が少ない。散歩は妻任せになってしまった。買い物に衝動買いがあるように、犬も衝動飼いになってしまい、申し訳がないと謝ったが後の祭りである。

僕が東京都知事になる前、平日は都心の仕事場で執筆、土日は郊外の住宅で休息という日常がずっとつづいていた。ランニングの習慣はせいぜいこの三年程度の新しい習慣で、それまでは歩くことすらめんどうだった。だから週末、妻と僕が犬の散歩をいっしょにすることで、妻は「犬がいることで少しは歩くようになればね」と、僕の健康のためにまるで犬を確保しておく義務があったかのごとく、雨の日も風の寒い日も、朝に夕に毎日犬の散歩をしてくれてきたのだった。

土日の犬の散歩は、妻との語らいの時間でもあった。いつも近くの森へ向かった。森の木の根のはびこった細道を分け入り神社にお参りし、樹株に腰をかけて梢の彼方の円い空にゆったりと流れる雲を眺めながら、とりとめもない会話をして季節の移り変わりをともに味わった。

「高校生のカップルのようで、つい声を掛けそびれたわ」

ゆり子と僕が寄り添って並び坐って語り合っている後ろ姿を見て、妻の犬友達の女性が笑って喋ったという。ゆり子が満更ではなさそうな顔でそう言った。住宅街は近所付き合いが少ないが、犬の散歩をする人たちはどこからともなく同じようなコースに集まり、コミュニケーションの輪をつくっている。妻はふだんその輪のなかにいて、知り合いが増えていた。犬友達のグループから見ると僕はめったに姿を見せない闖入《ちんにゅう》者のようであっただろう。

僕の代わりにゆり子のパートナーを務めていた野性的な二代目ラッキーが突然、動かなくなったのである。

「獣医さんに連絡して、明日の月曜に入院させないといけないね」

五月十九日日曜の夜、二人で相談した結論である。ゆり子の緊急入院が翌週の二十六日日曜日になるとはこのときまったく想像もしていない。

異変

「三十分もかかったのよ」

月曜日、僕が起きるとゆり子が暗い顔をして言った。朝、獣医さんへ愛犬を連れて行ったのだ。ふつうなら歩いて五分で獣医さんのところへ着く。それなのに一歩、一歩、脚を前に出す、それで十秒かかる。辿り着くのがやっとだったという。愛犬の死は目前にあると明瞭に思われたが、二人の会話ではそれ以上に踏み込まなかった。いずれ獣医さんが看取ってくれるはずだからと思うに留めた。あと一週間で、ロシアのサンクトペテルブルクへ行き、東京オリンピック招致のプレゼンテーションをしなければならないから。

愛犬の急変から、ゆり子がときどき言葉を言い間違えたりするようになった。「えーと、あの」と言ってすぐに言葉が出て来ない。そういうことは僕にもあって人の名前が思い出せない、友人ともよくそういうもの忘れは歳のせいだね、と話題になった。だからペットロスの症状かな、ぐらいに思っていた。

西麻布の仕事場が中心だった独身生活のような僕の日常は、都知事になって以来、郊外の住宅が中心となった。妻がつくってくれた朝食を食べ、都庁からの迎えの車に乗り出勤し、帰宅は夜遅い。それから妻のつくってくれた夕飯を食べる。野菜をきちんと食べなければいけない。翌日のスーツ、シャツ、ネクタイをセットしてもらって一日を終える。

五月二十日月曜日も二十一日火曜日も、そうして過ぎた。二十二日水曜日は夜六時から首相官邸で産業競争力会議があり、僕は臨時で出席することになっていた。

標準時間を二時間前倒しするという、常識を覆す提言の機会だった。日本はもともと世界で最東端、極東の「日出る国」で、地球儀の日付変更線にいちばん近い。株式市場で考えると、日本市場が開いて閉じて、ロンドン市場が開いて閉じて、ニューヨーク市場が開いて閉じて、一日二十四時間のバランスがとれていたので日本はアジアの金融センターとし機能してきた。

ところがシンガポールが標準時間を一時間、日本へ近づけてきた。アジアの新興国は安い法人税で外国の金融機関を呼び込み、いまやシンガポール、香港、上海、ソウルにお客さんが逃げている。標準時間を二時間早くするぐらいの荒療治も考え方としてあってよい。アジアへ逃げたマネーは本来、日本の金融センターで回るはずであった。海外から富が流入し、日本企業にお金が回る。賃金が上がり、雇用が増え、消費が刺激され、デフレ脱却につながる。日没まで時間があれば、アフターファイブの消費市場としてスポーツやアートなどの世界が拡がり、就業時間も多様となりライフスタイルが変わるだろう。

そんな提案をして夜八時過ぎに帰宅した。

毎週水曜日のゆり子の日課は、夜七時から近くのテニススクールで一時間三十分のコースがある。まだ帰宅していないはずのゆり子がいた。

「あれ、もう戻っているの？　テニスじゃなかったの？」

「うん。コンタクトレンズがずれたのかしら。球が全然あたらないので三十分で切り上げたのよ」

このときも異変には気づかなかった。いまから思えば脳腫瘍の侵蝕により視野が欠損していたとは、立ち居振る舞いに現れないから、わからない。まったく疑問を感じなかった。

僕は三十代前半に流行通信社の「スタジオボイス」という雑誌に『日本凡人伝』（現、ちくま文庫）を連載していた。

「いつも道で挨拶する隣人は、もしかすると自分によく似た、鏡の向こうのあなたかもしれない――。市井人の日常にこそ面白さが満ちている」というタイトルで、ふつうのサラリーマンや職人にインタビューして仕事人としてのプロフェッショナリズムの神髄に触れようとした試みである。

その登場人物のなかに資生堂の調香師がいた。新人のとき、二カ月で二百種類の匂いを、四カ月で四百種類の匂いを、犬の嗅ぎ方と同じようにしながら英単語を暗記するように訓練させられたという話などことこまかく訊ねた。

そして最後にこんなエピソードを語ってくれた。

「通勤電車で、いつもいっしょになる大学の先生がいましてね。『あっ、どうも』なんて、肩を並べて吊り革につかまって世間話をする仲だったんです。ところがね、ある日、妙な臭いがするんです。なんというか、やっぱり、腐敗臭というんでしょうねえ。臭ったのです。先生の姿を見かけなくなりましたが、さして気にもとめていませんでした。ほら、通勤電車って、時間がひとつズレると何日も顔を合わせないことってあるでしょ。一カ月ほどたって、気になって問い合わせてみたら、亡くなったというんです。詳しく聞いてみると、あの腐敗臭を感じた直後に入院なさったそうです。胃ガンです。もうかなり悪くなっていて、あちこちに転移して手遅れだったようですけれどね」

飼い犬の突然の失調と、調香師のこの話は関係があると思われる。

朝夕の散歩、雨の日も風の日も、ゆり子と一体だった愛犬は、自分の運命をゆり子と重ね死期を悟ったのだろうか。犬は主人に絶対の忠誠心をもつ。つねに主人を見つめていて瞬時に先読みして行動する。自然界の法則のように迷うことがない。

林良博著『犬が訴える幸せな生活』(光文社)という本がある。著者は東大副学長を務めた家畜学の権威(現在、国立科学博物館長)で、たまたま犬を飼っている同士として懇意にさせていただいてきた。犬については、もっぱら僕は聞き役であった。

林先生によると「犬は人間の言葉がわかるんです」と言う。犬は一万年前に狼と分かれた。そのとき人間とともに生きることを選択した。犬はパートナーと目を合わせ、何をいわんとしているのか、汲みとろうとする。パートナーの仕草や声の調子で、何となく話の内容がつかめることもある。犬はパートナーの帰りを素早く聞きつける。他の家族が気づく前に、ハッとして立ち上がり、玄関の前でいそいそ待つ。

犬の聴覚は、人間より断然、優れている。人間が聞きとれる最高周波数は平均二万ヘルツ、これを超えると、音として耳に聞こえない超音波になる。犬はその超音波を感知でき、だいたい十万ヘルツまでの音をとらえる。

犬の感覚器官のなかでいちばん鋭敏なのは鼻で、その能力は犬種や匂いの質によって異なるが、人間の一千倍以上、最高百万倍にも達する。学者のなかには、酢酸を嗅ぎわける能力は、人の一億倍と断定している者もいる。

麻薬犬、逃亡犯人を探す警察犬、瓦礫の下から人を助ける災害救助犬、爆弾探知犬など犬の嗅覚を応用したものである。

ゆり子の死を感知した愛犬ラッキーは、いまから思えば生きる目的を喪失した本能的な殉死であった。

……サンクトペテルブルクへ出発する日が近づいていた。ゆり子と僕はトランクを二つ並べて、荷物を入れる準備をした。

忍び寄る病魔

人間は視覚、聴覚、嗅覚、味覚、触覚、痛覚を兼ね備えているが、その感覚を言語で統合して「知性」の力で事態を把握しようとする。「知性」はひとつひとつの感覚器のもつ能力を言語の支配下に置いて退化させてきた。

ゆり子はよく人から「あなたは天然ね」と評された。「どうして天然と言われるのかしら。ねえどうして？」と僕は訊ねられる。

「それを説明してもわからない人のことを天然と言うんだよ。世知辛くなくて損得勘定を考えないってことは、より自然界に近い。まあうちの犬に近いというか……」と僕がへたくそに答え、それからあわてて「知性が足りないって意味とは違うんだ」と付け加えると

「ひどいわ。犬と同等ってことなの？」と不満そうに問い返された。「天然」とは、無意識の領域が大きく、必ずしも合目的な行動をとるわけではない、平凡な表現になるが「おおらかさ」である。

犬の散歩の途中、森の奥の小さな神社の前に来ると、よくお祈りした。僕はぽんぽんと柏手をうち、ちょこっと頭を下げるだけだが、ゆり子は、木の葉の間から差し込む微光のなか静かに頭《こうべ》を垂れている。鄙《ひな》びた神社の茶色に風化した格子戸と賽銭箱の前で、眼を閉じて黙っている。鳥の鳴き声が短く間歇《かんけつ》的に響くほかは静寂が支配している。雑木林の風がすっと頬を撫でる。

「まるで神さまと通じ合っていたようだね」

僕は犬に引っ張られながら振り向いて言った。ほんとうにそう思ったのである。

「だって、あなたのこと、娘のこと、息子のこと。お願いすることがいっぱいあるもの」

「いいな。天然の人は、神さまと心が通じ合えて」とからかった。

五月二十三日木曜日。サンクトペテルブルク行きが迫っている。僕は出かける前、仕事が終わったら、身体をほぐすためマッサージに寄って帰るので、夜遅くなるからと告げて出た。その間にゆり子は表参道の美容院へ行くことにした。ロシアでのレセプションなどに備えて衣装も買ってあるし、ヘアカットも任務のうちである。

美容院で、ゆり子は仕事先にいる娘に電話をかけている。娘は、いわゆる総合職的なばりばりのキャリアウーマンで、いつも「忙しい、忙しい、もうちょっと」と実家を訪ねてくることが少ない。

ふと娘に電話したのは、思うように言葉が操れない自分に何かいいしれぬ不安を感じていたからかも知れなかった。と言っても、ときどき僕が、おや、変だなと思うぐらいだった。文章にたとえれば、ときどき漢字変換ミスの誤植がまじる程度である。ペットロスではないか、精神的なものではないかと、いまから思うと僕の反応は鈍すぎた。朝から晩まで仕事で走り回り、重ねてサンクトペテルブルクでのプレゼンテーションの準備にも追われていて気が回らなかった。

娘とゆり子は、自宅近くのスペイン料理店で食事をすることになったようだ。あの忙しやさんの娘だが電話のやりとりで異変を感じ、すぐに「夕食でも」と駆けつけたのである。

娘はアルコール度数が低めのお酒がよい、と自家製のサングリアの赤をグラス二つ頼んだ。赤ワインにグレープフルーツやブドウなどの果物を浸したアペリティフ。ゆり子は「美味しいねえ」と頬をゆるめた。娘は、タコのガルシア風、茄子のフライ、鰯のマリネ、生ハムなどのタパスと魚介のパエリアを注文した。食事をしながらの会話で、ときどき言葉を間違えるので、やはり病気なのかなあ、と娘は疑問を深めた。店の女主人がテーブルへ挨拶に来た。

「あれ、奥様。痩せられましたか？」と首を傾げた。

「そうかなあ。そうかなあ」と自分に問い返すように軽く微笑んだ。

娘の記憶だと、この後、僕から携帯に電話が入って、「ああ、九時十五分ぐらいに帰るのね」と答えてから、娘のほうに向き合って「パパ、九時十五トンだって。あれ、変だな。あれ?」と言った。言いながら、変だなと気づいている。娘は頷きながら「……脳梗塞なのかな」と心のなかでつぶやいた。

「デザートはバニラアイスクリーム? それともカシスシャーベットにする?」

「えっ、なーに?」

「だからバニラか、カシスよ」

「バ・ニ・ラ。えーと……」

「カシス」

「……」

デザートが運ばれテーブルに置かれた。「こっちがバニラ、こっちがカシス」と娘が説明して一分後、バニラを指して「これなに?」と訊ねると、ゆり子は「ええ。……わからない」。脳の意味転換機能が故障しているかのようで、戸惑っている。娘はゆり子に言った。

「いまの状態なら、サンクトペテルブルク行きはやめたほうがいいよ」

「それはダメ。パパの仕事のお手伝いなんだから……」

夜遅く帰宅すると、娘から「ねえ、もうママ寝た?」と電話があった。ゆり子が早寝早起きで、遅寝遅起きの僕と正反対のライフスタイルと承知している。娘は、スペイン料理店での食事風景を説明して「ママをきちんとした病院で検査してもらったほうがいいんじゃない」と言った。

翌五月二十四日金曜日はアラブ・イスラム諸国の大使が新宿の東京都庁を訪問する予定だ。四月にニューヨークを訪問し、その際、「ニューヨーク・タイムズ」紙のインタビューで「イスラムの国々はアラーはひとつなのにケンカばかりしている」と僕が発言したということで日本のメディアに追及されていた。二〇二〇年五輪開催をめぐって、イスタンブール、東京、マドリードの三都市が招致競争をしている最中の不用意な発言と批判された。不用意に違いない。だが、「ニューヨーク・タイムズ」の記事は意図的な報道であえて誤解を振りまくような表現になっていた。

僕はすぐにトルコ大使館へ行き、大使に面会して真意を述べ陳謝した。さらに駐日パレスチナ常駐総代表部を訪れるとワリード・シアム大使が「我われと日本は非常にいい関係だ。東京を応援したい」と協力の意を満面の笑みで表して強く手を握り、アラブ諸国の大使を集めてくれると好意的な対応をしてくれた。その訪問が実現する日が二十四日であった。シアム大使が音頭をとり、アラブ首長国連邦、バーレーン、オマーン、ジブチ、モロッコ、サウジアラビア、ヨルダン、モーリタニア、エジプト、リビア、チュニジア、イラク、そしてパレスチナと、十三の国と地域の大使が都庁を訪問してくれた。大使ひとりひとりと記念写真をとり、友好を深めた。サンクトペテルブルクへ出発する前に片づけておかなければいけない仕事だった。

「病院で検査してもらったほうがいいと思う」

娘の心配する言葉も気にかかっていた。

夜九時三十分ごろに帰宅して、玄関からリビングルームに入って驚いた。ソファの真ん中にデンと置かれていたマッサージチェアがない。あの巨大な不用品は悩みの種だった。十年ほど前にヤマダ電機で三十五万円もの大金を支払って衝動買いしたシロモノ、買ったばかりのころは僕はマッサージチェアにもたれてうっとりしていた。そのうちにありきたりの通販モノがそうであるように飽きがきて不用品と化していく。

それにしても、一人でどうやってあの相撲取りでも間に合うような巨大なマッサージチェアを動かしたのだろうか。

「いったい、どうやって片づけたんだい、あんな大きなものを」

「玄関にお尻を向け、マッサージチェアの低い部分に両腕を伸ばして、全力で引っ張ったのよ。一人でズルズル、ズルズルと一センチ、二センチ、時間をかけて玄関まで。あらかじめ業者に話をつけておいたの」

玄関であれば引き取ってくれるというのである。力仕事なのに僕に何の相談もなく一人で決め一人で成し遂げたのだ。

「よく一人でやれたねえ。火事場の馬鹿力のようなものだなあ」

なぜ馬鹿力を出して整理しようとしていたことに思い至らなかったのだろう。

その夜、跋扈《ばっこ》していた巨大な闖入者が排除された居間は、スペースがゆったりして家具の本来の統一感が呼び戻されて空気が和み、柔らかなソファにやすらぎを覚えた。

五月二十五日土曜日は久しぶりの休日となった。このところ土日出勤も多かった、これで週末は心置きなくサンクトペテルブルク出発のための荷造りができる。昼間、テニスをやりに出かけ、それから四キロメートルばかりランニングをした。夜、広くなった居間の板の間にリモワ製の海外旅行用のトランクを二つ並べた。僕の黒いトランクとゆり子のグレイのトランク、それぞれにスーツやらワイシャツやら、ワンピースやらクツやら、順番に重ねた。まだ出発まで中一日あるので蓋はせず軽くふわっと積んだ。

就寝前に、サンクトペテルブルクのレセプションで着る衣装を見せたい、と言う。友人の白水真子さんのアドバイスで見立ててもらった服を僕はまだ見ていない。七月三日のスイスのローザンヌ、九月七日のアルゼンチンのブエノスアイレスと三回分。一着五分ぐらい、僕は、うん、うん、よいね。ゆり子も眼を輝かせながら裸足の爪先でクルリと回り、じゃ、つぎ着替えるね。はい、いいでしょ。十五分もかからない二人だけの短いファッションショーだった。ゆり子がトランクの端に足先をぶつけ、躓《つまず》いた。あれっ、という感じで少しよろけたが転んだわけでもない。気にもとめなかった。

ゆり子が機嫌よく休んだあと、娘の「病院で診てもらったほうがいいと思う」という言葉が気になりはじめた。ふつうに過ごしているぶんには異変はないのだが、ゆり子の言葉にいっそうもつれが目立つようにも感じたからだ。

夜十二時を回るころ、心配の種が膨らみはじめた。ツイッターを見ていたら、精神科医の斉藤環さんが自著について書いている。いま起きているんだ。そうだ、以前に対談したので携帯番号が登録されているかもしれない。携帯の電話帳を見た、あった。

「こんな夜分遅くに、たいへん失礼いたします」

ペットロスではないか、とエピソードを交えて説明したら、すかさず彼は言った。

「違います。それは脳機能の問題と思われますので、すぐに受診をお勧めします」

プロフェッショナルな言葉は重い。すぐ鈴木重雄特別秘書の実直な顔を思い出し、電話して大きな病院での診察の段取りを頼んだ。

翌五月二十六日日曜日は、大相撲の千秋楽である。都知事杯授与のためにゆり子を伴い両国国技館へ行く予定であった。迎えの車が来る、その行きがけに病院へ立ち寄り検査のため身柄を預けよう、と決めた。軽い脳梗塞かもしれない。軽い……、というぐらいならば覚悟はできていた。

「余命数カ月」の宣告

国技館へは午後四時三十分に着いた。残り七番ぐらい、上位力士の白熱した勝負だが病院のことが気になって観戦は上の空であった。白鵬が優勝し賜杯を手にした。内閣総理大臣杯、外国のさまざまな優勝杯、花道のところで順番を待つのである。いつもＮＨＫ杯のつぎが都知事杯で、渡すころに六時になり放送時間が終了するパターンである。すぐに車に乗った。六時を少し回っている。国技館の地下駐車場を出て表の道路に出たところで携帯電話が鳴った。院長からだった。

「奥さまについてですが、いま検査の結果がわかりましたので」

病院到着まで二、三十分しかかからないのに、わざわざ結果を電話で教えてくれるようなのだ。

「奥さまの脳の中央部に悪性の脳腫瘍が見つかりました。それも拳ほどの大きさがあります。グレード４です」

「グレード4?」

「はい。グレード1、2、3、4の4です」

「4まで? 4がいちばん上ということ?」

「いちばん上です。申し上げにくいことですが、余命数カ月です」

「えっ、余命数カ月?」

「はい」

「着いたら詳しくご説明をお願いします」

僕は、あったとしても軽い脳梗塞ぐらいだろう、と思っていたので不意をくらった。青天の霹靂《へきれき》、という言葉をかみしめるのは生まれて初めてのことである。ゆり子は、この事実を知らされていないのだ。自分の身に何かが起きている、と自覚していても深刻な事態とは露のかけらも思っていない。どうしたらよいのか。院長としては、一刻も早く結果を伝えようと、大相撲終了の時間のタイミングを見て電話をかけてくれたようだ。病院に着いて、僕がいきなり妻と会って検査結果を訊ねたりしないよう配慮したのだろう。とてつもなく冷酷な「現実」を、受け止めて咀嚼《そしやく》する時間がないまたちまち病院に着いてしまった。

車を降りると院長が脳外科の医師といっしょに裏口で待っていてくれた。院長自身も脳外科の専門医であると知った。鈴木特別秘書も駆けつけている。廊下を歩きながら手早く、もう一度、説明を受けて、ゆり子のベッドへ行かず、そのまま別室に入ってMRIの画像を見た。中心部に大きな黒い塊がある。

「神経膠芽腫《しんけいこうがしゅ》です。ここまで増殖していると、手術をしても治癒は難しいのです」

「僕たち夫婦は毎年夏、MRI（脳ドック）の検査をしています。昨年の夏は、まったく異常なしでした」

「そうですか。そのデータは後で送ってもらうことにします（送られたデータはまったく異常なしであった）が、こういう悪性脳腫瘍は急激に大きくなるものでして我われの症例でも、かなり進行してから見つかるケースが多いのです」

急激にと言われても原因は思いあたらない。僕が都知事になったことで負荷がかかっていたとしたら……。

「僕はオリンピック招致のためにロシアへ行かなければなりませんが、その間、いま余命数カ月と宣告された妻はどうすればよいのでしょうか」

「手術をしなければなりません。脳にむくみができています。むくみによって内側からの圧力が頭蓋骨全体を押し上げていますので、むくみをとる点滴を施しました。ただ、むくみをとるには進行を食い止める手術が必要となります。腫瘍の中心部を除去することで脳圧を下げます。その後、腫瘍の腫れは放射線治療である程度抑えることができます」

「サンクトペテルブルクからの帰国は、一週間後の六月一日土曜になりますが」

「それまでは大丈夫です。手術はその後にします。ええと……」

手元のカレンダーを見ながら医師は、「いまから至急手配しまして、早くてもこの辺ですかねえ」と、六月中旬あたりを指した。大学病院は予約が詰まっている。

「できる限り早く、ということでお願いします。術後はどういう見通しに……」

「神経膠芽腫は、治療薬でもこれならという薬効の決め手はありません。最新のものを試してみますが。手術で脳圧を抑え、むくみをとる点滴をつづけ、ふつうの食事もできますから一カ月ぐらい体力をつけていただいてから放射線治療をいたします。放射線治療は八月半ばぐらいまでに終わります。九月のブエノスアイレスのころには少し安定した状態になっているでしょう」

「余命数カ月よりは延びると」

「ええ。年内までなら……」

「手術までの間、しばらくご自宅へお帰りになることもできます」

「退院できる?」

「短い間ですが」

病室へ入るまで、ほんの二十分ぐらいの会話、ずいぶんと長期間の見通しを話したことになる。「現実」を知ったうえでないと、僕は病室でゆり子といったい何を話せばよいのかわからない。

いつからだろうか。ゆり子はスリムな体型だから気づきにくいが、体重が減ったまま戻らないわ、と言っていたのは確か三月ごろだった。だが愛犬が倒れるまで、まったく自覚症状は現れていない。

都知事に就任して二週間後、一月初旬にはロンドンで外国人向けの記者会見で東京五輪招致のアピールを世界に向け発信したときも、ゆり子は都知事主催のレセプションで役割を果たした。三月には国際オリンピック委員会（ＩＯＣ）評価委員会が来日していっしょに出迎え、四月にはニューヨークへ行き、ブルームバーグ市長にも東京五輪招致への協力を依頼し、ジャパンソサエティで講演したときも、ゆり子はずっと同行している。

ロシアのサンクトペテルブルク行きは翌日の五月二十七日月曜夜（午前一時の便なので正確には二十八日火曜未明）である。

院長と脳外科の医師に説明を受けてから、ゆり子の病室へ入った。点滴のポールがベッドの横に立っている。

「いま大相撲千秋楽、終わって戻って来たんだよ。検査やったんだってね」

「うん」

ゆり子は意外に明るい顔をしている。

「検査の結果では、入院して静養しなければいけないみたいだ。だから明日のロシア行きは無理なんだよ」

「えっ、サンクトペテルブルクに行っちゃダメなの？　そうなのお」

「だから帰国するまで、ここに入院して待っていてね。帰国したら退院してよいみたいなんだ」

「じゃあ、来週には退院できるのね？」

もう治ったように嬉しそうだ。自分が深刻な病気に罹っている自覚はない、検査しただけと思っている。

「明日の荷造りはどうするの？　やりかけのままよ」

「これから豊田さんに連絡して、自宅に手伝いに来てもらおうと思っている」

事務所の会計責任者の豊田佳美さんは、妻と僕の学生時代からの友人で、すべて心得ていてくれる。しかし、まだこの時点で、娘、息子、豊田さんに何も伝えていない。伝えるような出来事は起きるはずではなかったのだから。急いで説明しなければ。いったん、ゆり子のベッドを離れ、廊下の隅の人目につかない場所で携帯電話をかけた。日曜日で患者が少ない。

　どこに集合するか。娘と息子夫婦は都心近くに住んでいる。どこなら早く来ることができるか。渋谷駅近くのホテルを指定して集合時間は夜八時とした。電話ではもどかしく説明しにくい。結論だけ述べ、あとはとにかく緊急家族会議である。郊外にいる豊田さんにも、結論だけ述べ、僕の自宅に夜十時に来てほしいと伝えた。

　携帯電話での会話はこれのみで、再び病室へ戻った。ゆり子に「ママが入院することになったってこと、いま二人（娘と息子）に知らせたからね。僕がサンクトペテルブルクに出かけている間、お見舞いに来てくれるよ」と言った。

　鈴木特別秘書があわてて予約してくれたホテルの和食レストランの個室で、娘と息子夫婦と夕食をともにした。

　翌月曜夜十時、羽田空港へ向かう途中、病院に立ち寄り静かに病室に入った。ゆり子は眠っていた。羽田空港には十一時三十分に着いた。ところが午前一時発の搭乗三十分前、十二時三十分に全日空の案内の人が、「機体の点検中ですので、しばらく待機してください」と伝えに来たのである。こういう説明、あまりよいことがあったためしはない。時間通りに出発できないと、フランクフルト空港での乗り継ぎがやっかいなことになる。

　搭乗時間の午前一時を過ぎても、音沙汰がない。午前一時三十分を回って係の人が来たので、いよいよかな、と思ったら「すみません。機体整備不良で欠航となります」であった。急遽、高輪プリンスホテルに宿泊。もんもんとしながら午前三時、就寝。六時起床。七時ホテル出発。九時に代替機が離陸した。

新鋭のボーイング７８７はバッテリーの炎上など、当初から問題が指摘されていた。それが一段落した時期であったにもかかわらず整備不良で欠航し、古い機体の予備機ボーイング７７７をどうにか間に合わせたのである。

出発は八時間の遅れで、フランクフルトの乗り換えの見通しは立っていない。サンクトペテルブルクでの日程に狂いが生じないよう祈るばかりであった。

サンクトペテルブルクへ

ボーイング777は一度引退した航空機である。最新式の787と異なり座席はかなりの旧型でリラックスしにくかった。ぜいたくは言わない。着けばよい。とにかくフランクフルト空港でのトランジットができるか否かである。サンクトペテルブルクはローカルなので、適当な乗換便が見つからない、と調整に奔走していた随行の職員が説明する。

三時間、空港で待たされた後、全日空の特別なはからいでプライベートジェットが用意された。そのおかげで我が東京五輪招致チームは、五月二十八日夜十時（日本時間二十九日午前三時）にホテルに入ることができた。前夜に入りさえすれば、翌日の日程には差し支えない。ぎりぎりセーフだった。

北の国である。まだ明るい。ホテルで急いで着替えて周囲の港湾エリアを五キロメートルばかり走った。走り終えると、ちょうど日没を迎えた。夜十一時に沈む夕陽を眺めながら窓辺で、ゆり子が横たわる病室へ思いを馳せた。東京はもうすぐ夜明けだ。カーテンから朝陽が漏れるころだろう。

スポーツアコード国際会議がサンクトペテルブルクで開催され、そこで最初のプレゼンテーションが開かれるのだ。スポーツアコード（国際競技連盟）は陸上や水泳やレスリングや柔道など、それぞれの競技の国際団体の連合体である。近年、その実力はＩＯＣに迫りつつあるとも評されている。ＩＯＣはもうひとつのオリンピック開催能力の実力をもつスポーツアコードを警戒している。とはいえスポーツアコードの役員のなかにＩＯＣ委員が半数近くおり、共存している。

立候補都市のイスタンブール、東京、マドリードが勢ぞろいしてのプレゼンテーションは、このサンクトペテルブルクで正式な第一歩を踏み出すのである。

四月にフランス人の白髪のベテランのスポーツ記者で招致活動に詳しい人物が、都庁の知事室を訪問してスポーツアコードにおけるプレゼンテーションがいかに重要か、注意点はなにか、アドバイスしてくれた。

とにかく日本語の同時通訳ではなく全員が英語でやること。強敵イスタンブールの強みは、その歴史と言語能力にあると。

「考えてもみたまえ。イスタンブールはギリシャ時代はビザンティウムであり、ローマ帝国以降、コンスタンティノープルとなり国際交易の中心地だったのだよ。さらに東方世界を支配下にオスマントルコ帝国が広大な領土を得た。彼らは西ヨーロッパに脅威を与え、同時に東ヨーロッパに強い影響力を残した。だからトルコ人のなかにはフランス語やイタリア語ができる者もいれば、ロシア語が堪能な者もいる。サンクトペテルブルクというロシアのかつての首都、イスタンブールとは距離的にも歴史的にも近い部分があるんだ」

そうか。オリンピックの公用語は英語とフランス語であり、スポーツアコードの開催地はロシアで、ロシア語も話せるとなると脅威なのだ。

三月のＩＯＣ評価委員会が来日した際のプレゼンテーションでは、一部が英語で途中から日本語となり、同時通訳で英語が入った。スポーツアコードでは、そういうやり方では太刀打ちできない。

英語のレッスンも本気で取り組まなければいけない。もちろん、プレゼンテーションの中身にも磨きをかけなければならない。

サンクトペテルブルク到着の翌日から、猛練習が始まった。だがプレゼンテーションの練習で予期しない問題が発生した。スピーチは英語で行うが、演壇の前に文字を映す透明板のプロンプターが置かれている。その調子が悪い。各国とも前日に一回だけ、本番と同じ会場で本番さながらのリハーサルを許されているのだ。原稿を見ないでスピーチできるまで暗記に努めたとはいえ、やはりプロンプターに表示される英語に沿ってやらないと、単語を間違えたり強調するところを間違えたりするので要注意なのである。

プレゼンテーションは一人三分ぐらい、野球と同じような〝打順〟がある。サンクトペテルブルクでもスイスのローザンヌでもブエノスアイレスでも、この〝打順〟を微妙に入れ替え、つねに新しい味が加えられるよう工夫してきた。

本番さながらにやるリハーサルで、英語が流暢なはずの竹田恆和招致委員会理事長（JOC会長）の英語が、どうもなめらかでない。サンクトペテルブルクでは竹田さんは一番バッターだった。竹田さんの英語があわてた感じに聞こえる。おかしい、と皆で壇上に登り演壇のプロンプターを見ると、黄色の表示文字の光がかなり薄い。スタッフがあわてて機械の調整に入った。待たされた。コンサルタントの英国人ニック・バーリーさんが「ロシアには気をつけないと」とウィンクした。一時間ほど経ってようやく、黄色の表示文字が明るく見えるように直った。

それにしてもイスタンブールのチームは、よくこのプロンプターでリハーサルをやっていたな、と思った。

いざ本番、五月三十日午後七時、東京チームは緊張して臨んだ。プレゼンテーションはイスタンブール、東京、マドリードの順番にやる。この順番は最初に決められていたもので、その後のローザンヌ、ブエノスアイレスでも不変である。

イスタンブールのプレゼンテーションが始まった。トップバッターは英語だった。喋りも平凡で、人を惹きつけるジェスチャーが控えめだった。三番目か四番目にスポーツ大臣がプレゼンターに登場した。おや？　と思った。耳慣れない言語である。ロシア語でもない。もちろんフランス語なら発音の雰囲気でわかる。何と、彼はトルコ語で説明しているではないか。

フランス人スポーツ記者の、手強いぞ、の忠告は杞憂であった。会場席で隣に坐っていた同時通訳の長井鞠子さんに、トルコ語のようだねと言うと、ほんとうにわたしも驚いたわ、と相槌を打った。予想ほどアピール度は強くないなと緊張感がほぐれた。

プレゼンテーションは四十分ぐらいである。イスタンブールチームがあと五分ぐらいで終わるなと思ったころ、よし出番だ、と僕は会場席でネクタイを締め直し、スーツのボタンをかけた。ところがボタンを閉めるときつい。ふと脇から腰にかけて見やると、サイドベンツのスーツの両端にしつけ糸が付いているのだ。そうだ、新着のスーツだ、しまった。あわてて隣席の長井さんに糸を引っ張ってもらった。トルコ語のスピーチで安心したところで、しつけ糸で気が動転した。

ゆり子の不在、とはこういうことなのだ。出発するときの、病院のベッドでの静かな寝顔が脳裏をよぎった。

プレゼンの成功

一番バッターの竹田理事長は、かなり緊張してスピーチをはじめたがだんだん勢いが出てきた。実際に開催地を決めるIOC委員たちを前にすると、張り詰めた空気になる。壇上に並ぶ東京チームの一人一人にも、一番バッターがどれほどプレッシャーを感じているか、ひしひしと伝わってくる。しかし、案じることなく滑り出しは好調だった。

僕の出番が来た。治安のよさ、日本人の生真面目さ、それから開催資金がすでに準備できていることを前面に出そう、とあえておカネの話をした。

「財布を落としても、現金が入ったまま戻ってきます」

会場からどっと笑いが起きた。東京では年間三十億円の現金が持ち主のもとに返る。日本人にはあたりまえかもしれないが、外国人には信じられないことだろう。これが日本という国の特異な誇るべきホスピタリティなのだ。

このエピソードはあまりにも受けがよいので、のちにブエノスアイレスでのプレゼンテーションでは、あの「お・も・て・な・し」の滝川クリステルさんに言ってもらうことにした。

おカネの話はもうひとつあった。

「開催準備金四千億円がキャッシュで銀行にあります」

いま手元に現金がある。いつでも引き出せる。すると「オー」という驚きの声と愉快な笑い声が拍手と交錯した。大イベントの費用はふつう、開催が決まってから予算化されるが、東京は準備万端だと伝えたかった。

リーマンショックで税収が落ち込む前、税収が安定していた二〇〇六年度（平成十八年度）から〇九年度の四年をかけ基金として積み立てた。行政改革に努めて都庁の人件費を抑制し、複式簿記・発生主義の公会計制度を導入して無駄を絞って捻出した財源をコツコツ貯めてきたのだ。それが銀行に預けてある。「すぐに下ろして使えます」と強調したのだ。

東京は都市として世界最大級の経済規模を誇る。東京がひとつの国であるとすると、韓国を上回り、オーストラリアやスペインに次ぎ、世界のトップ10をうかがう位置にいる。東京の財政規模はスウェーデンの国家予算に匹敵する。おカネにまつわる話は、ときに厭味に聞こえるが、財政的な安定が確実な運営を支える。

イスタンブールはヨーロッパ大陸とユーラシア大陸を結ぶ東西の架け橋、とアピールが素晴らしい。これに対してなぜ東京なのか、という的確な表現が難しいのである。しかし、オリンピック開催のためには、無難で安全であることは決定的な利点なのだ。選手が時間通りに会場に着けなくては困るし、大イベントは運営がきちんとできなければいけない。

コンサルタントのニック・バーリーさんは、ひとひねりしよう、と提案してこういう文言を入れた。

「今回の招致レースでは、東京は最も『安全な』選択肢だと言われています。わたしが不思議に思うのは、その評価を、悪いことであるかのように捉える方がいることです！（What I don't understand...is why some people seem to think that this could be a bad thing!)

日本語にするとわかりにくいかもしれないが英語ではわかりやすい、とニックは言う。「僕たちを退屈だと思っているかもしれませんが、退屈で何がわるいんでしょう」と自虐的な表現なのである。イスラム発言で誤解を受けていた僕が言うと新鮮に受けとられる、とニックは考えた。実際にプレゼンの始まりからこの調子で、財布が返ってくる、現金が銀行にある、とつづけたから会場は盛り上がった。僕は、思いっきり笑顔を振りまいた。

「東京のプレゼンテーションは際立っていた。（映画監督の）スティーブン・スピルバーグでも雇ったのか？」

プレゼン後の記者会見で外国人記者からジョーク混じりの質問を受けたときに、ああ、うまくいったんだな、と確信した。

ニックはこう回想している。

「スポーツアコードでのジョークはうまくいきました。日本人の男性政治家が冗談を言う、というのは意外性がありますし、ユーモアのセンスのある好人物という印象を与えたと思います。あとから振り返ると、このスポーツアコードでのプレゼンは、招致レースの中でも最も重要な瞬間のひとつでした」（ニック・バーリー著『世界を動かすプレゼン力』NＨＫ出版）

帰路もフランクフルト経由である。ボーイング７８７は大丈夫なのか、サンクトペテルブルクからフランクフルトに到着してから全日空社員に訊ねた。「社長がフランクフルトまで乗ってきます」と説明した。その飛行機が折り返すのである。そうか、社長は命を張って安全を証明して社運を挽回するつもりなのだ、とわかり納得した。

帰国は、六月二日日曜日の早朝だった。病院へ直行した。

ゆり子は笑顔である。脳圧を下げるステロイドが効き目があったようで、病人には見えない。

「どう、調子は？」

「テレビ、見たわよ。うまくいってよかったね」

「水曜日には退院だね」

「そうなの。早く帰りたいな」

手術まで多少の時間の余裕があるので医師のはからいでいったん退院してよいことになったのだが、ゆり子は「いったん」とは思っていない。

翌六月三日月曜日と四日火曜日は都議会定例会で夜まで議場にいなければならない。一時退院は五日水曜日と決まった。

一時退院

一時退院の六月五日水曜日も日程が詰まっていた。代わりに鈴木特別秘書が退院の手続きをし、郊外の自宅へ妻ゆり子を連れて行ってくれることになっている。娘、息子と息子の嫁、豊田佳美さんも退院したゆり子を自宅で迎えてくれる手筈であった。

夜八時過ぎに僕が帰宅してドアを開けると、人の声が交互に聞こえ賑やかで部屋の空気が明るい。玄関に出たゆり子の声は「お帰りなさーい」と、語尾を軽やかにした朗らかさ、弾んだ解放感に満ちていた。

皆でテーブルを囲んでの夕餉、いつも疲れて帰る僕とゆり子の二人きりの食事なので、自宅で大勢で食べることはめったにない。そういう意味では、ゆり子にとっては息子や豊田さんがいることは不自然なはずだが、退院祝いと思えばおかしくはない。頭蓋骨のなかの脳のむくみは点滴で抑えられているせいか自覚症状はほとんどないようにも見える。

ただ、その日の連絡ノート（僕とゆり子の備忘録用の大学ノート、僕の起床時間や、着て行くスーツとネクタイの選定など）に記した文字に誤字が見つかった。この日は都庁から西麻布の仕事場経由で帰宅する、と鈴木特別秘書に伝えてあった。退院の際、鈴木特別秘書はゆり子を車に乗せて自宅へ向かう最中に、僕が西麻布経由で夜八時に帰宅する予定を伝えている。ゆり子の書いた連絡ノートのメモは「西麻布」でなく「西麻市」となっていた。

誰でも年齢を重ねると、えーと、あの名前は？　などとすっと単語が出て来ないときがある。ゆり子は、入院の一週間ほど前から、言葉の言い間違い（活字における誤植のような）が混じり、瞬時に単語が出て来ない、そういう症状がわずかに見られた。退院後、その症状が変わったわけではない。いやむしろノートのメモを見ると進行していた。おかしい、漢字がすぐに頭に浮かばないな、と本人も訝しく思ったはずだ。入院の前の日に、大型マッサージ器を片づけた。退院の翌日には犬小屋を庭の隅へ運んで片づけている。始末すべきものは始末せよ、と運命の糸が無意識のコードとなり、それに導かれているかのようであった。

いま思えばこの短い退院期間、二人でのんびりと近所を散歩したり、庭の草花を眺めたりして過ごせばよかった。何でそうやって残された貴重な時間を噛みしめなかったのだろうかと悔悟の念が湧く。手術までにまだ一週間の猶予があった。手術すれば延命効果があり、しばらく安定期に入るとの医師の見立てなので余裕があるような気がしていた。

退院した日の翌日、六月六日木曜日は中国大使と昼食の予定が入っていた。都庁でも分刻みのスケジュールだし、夜は夜で外せない会食が入っていた。中国大使とは、四月の初旬、こちらで席をもうけている。その返礼も兼ねて大使公邸に招待されていた。四月初旬の会食では打ち解けてもらうことも考え、夫人随伴で行こうとゆり子も同席した。北京市の大気汚染に対して東京都がもっているノウハウの提供もひとつのテーマだったが、さらに東京五輪招致への協力要請が懸かっていた。六月六日の昼食会には大使夫人が同席した。前回はこちらが夫人随伴だったので、今回は大使側も夫人随伴としたのだろう。ところがゆり子が発症して連れて行けない。日本と中国は尖閣諸島問題などで表立ったところでは緊張関係にあったが、東京五輪招致への協力は水面下ではこうして進められていた。四月と六月の二回の会食で、東京五輪招致に対して中国側はきわめて前向きであるとの感触が得られた。日中間には多角的で伝統的な人事交流があり、それに助けられていると思った。

帰宅は夜十時になってしまった。早寝早起きが習慣のゆり子は十時過ぎになると眠くなる。もっと早く帰ってあげればよかった。最寄り駅近くの中華料理店で息子と豊田さんがゆり子と夕食をともにしてくれ、帰りにケーキを買ってきた。途中、テニスコートの横を通ったときに、ゆり子のテニス仲間の女性がコートから出て来た。

「わたし、ちょっと入院していたのよ。でも、もう退院したの」

立ち話は笑顔だった、と豊田さんが憶えている。

翌六月七日金曜日はいっしょに夕食を食べられるよう早めの夜七時には帰宅した。そして八日の土曜日は休日とした。ゆっくり寝坊した僕は、まるでこれまでの日常の休日と変わらぬように過ごした。四時ごろから五キロ走って、いったん戻り、車に乗ってテニスコートへ。テニス道具を車に入れ、運転席に坐ったところでゆり子が手を振る、これがいつもの土曜日の夕刻の光景、この日も何事も変わらず、という風であった。にっこりして手を振るところを携帯電話のカメラで一枚、撮った。五時半から七時までテニスをやり、また五キロ、計十キロメートル走った。

走りながらひとつのことだけを考えつづけた。どう伝えるか……。明日、六月九日の日曜日は再入院の日であり、まだその事実を伝えていないのである。四泊の自宅静養を穏やかな気持ちで過ごしてもらうために真実を言わない、と決めていた。しかし、今夜には伝えなくてはならない。

ランニングを終えて帰宅する時間は夜八時である。娘も息子夫婦も、豊田さんも、ゆり子と食事を済ませたところだった。娘が台所で僕用のすき焼きの支度をしてくれていたところ、豊田さんが手伝いに加わると、ゆり子は娘に「豊田さんは〝仕事のおばさん〟だから、ダメ！（豊田さんは事務所のスタッフだから台所周りまで手伝わせてはいけない、という言い回しがうまくできない）」と、わざわざ止めに入ったという。食事中に「あのね、ママはいま頭がちょっと変で、みんなの言っていることは三〇パーセントぐらいしかわからないけど気にしないでね」と笑い、賑やかな夕餉を楽しんでいた。病状を知っている娘は、意味が全部通じなくても会話って雰囲気で通じるものだな、と思ったという。

僕が坐った。晩酌にはいつも新潟の「八海山」か「久保田」の冷酒でと決まっている。ゆり子が台所へ、酒の肴として用意したお皿を取りに行く。「ゆり子さん、わたしやるから」と豊田さんが立ち上がるが「いいの、いいの」とゆり子が制していつものように動く。出された肴をつつきながら冷酒でゆり子と乾杯。ソファにもたれながら、まず一杯、そしてもう一杯。ゆり子を除く四人は固唾を飲んで、僕とゆり子が向き合っている、その表情をうかがっている。言わなければいけない。

「あのね。うちのお祖母ちゃん（僕の母親）がね。（良性）脳腫瘍の手術をしたでしょ。あれ、うまくいったよね。ゆりちゃんもね、脳腫瘍の手術をしなければいけないんだ」

「……」

「あの当時から較べれば医学的な技術はかなり進歩しているから、良性腫瘍はほとんど大丈夫なんだ」

「……」

「だから、病院に頼んで手術の日程を組んでもらっているので、明日、日曜日に再入院することにしてあるんだ。ごめんね、すぐ言わなくて。最初に言うと、家でくつろぐ気持ちに水を差すと思って」

「明日なの？　入院するの？」

「手術はね、十二日水曜日になるんだ」

「そう……、しなければいけないのね」

「うん。やればよくなるから」

ゆり子は一度視線を落としてから、顔を上げ、僕を見つめた。

「仕方がないのね」

僕は冷酒を呑みながら、肴をつついた。いきなりこんなことを言われ、気持ちを整理するなんてとてもできないだろう。僕なら周章狼狽してしまう。運命を受け入れるときの、あっけらかんとして天然で、かつきっぱりしたゆり子の性格に感謝した。僕はこれまでどれほど無理難題を押しつけてきたか。しかし、今回は運命の女神が押しつけた無理難題であった。

その後、台所で茶碗を洗ったりお皿を片づけたりしていた娘と豊田さんに、ゆり子は

「ねえ、知っていたの？」と低い声で訊いた。

「知ってたんでしょ？」

問い詰める口調ではないのだが、二人が咄嗟に答えに窮していると「ま、いいか」と自分に向けて言い、「一人にして」とダイニングのテーブルで煙草に火をつけ、飼い犬が去った暗い庭に咲く紫陽花を見つめ、それ以上何も言わなかった。入院以来、脳腫瘍のせいでぼんやりとした表情をしているときが多くなり、自分の身に起こった事態を懸命に言語で再構成してとらえ直そうと試みていたようだった。だが言葉はたぐり寄せようとしても水のようにざるからこぼれてしまう。集中力が結束せず、思考が焦点を結ばないようであった。

娘と豊田さんは、ゆり子に声をかけ二階へ上がった。気晴らしに再度の病院暮らしで必要になりそうな持ち物、クローゼットから好みのピンクのカーディガンやブルーの花柄のスカートを取り出して、まるで新しい旅行に出かけるかのような転がる笑い声が聞こえてきた。

自宅での四泊目の夜はこうして終えた。

急変

再入院のために自宅を出発したのは六月九日、日曜日の昼過ぎである。玄関を出たところで、「ちょっと待って」と僕が言い、携帯電話のカメラで記念の写真を撮った。お気に入りのふだん着、白い花柄模様をちりばめた青いロングのワンピースを着ている。初夏の薫風がそよぎ、ゆり子は軽く髪に手をあて首を傾げ、眩しそうに眼を細くした。不安です、と表情が語っている。

月曜日も火曜日も仕事の合間に病室を見舞った。ゆり子の病状については近親者以外には知らせていない。入院しているという事実についても都庁では秘書部長しか知らない。オリンピック東京招致の戦いの最中に、プレゼンテーションのメンバーに余計な心配をかけ動揺が生じて集中力が落ちないようにしなければいけない。そのため絶対にメディアに漏れないよう細心の注意を払った。病院の出入りは裏口からこっそりとするしかない。

手術は四時間から五時間はかかる、と執刀医から説明を受けていた。左脳の奥深くにある「神経膠芽腫」と呼ばれる六センチほどの塊が脳幹を圧迫している。癌細胞は不気味な速度で増殖しており、腫瘍は増殖のため自分自身に栄養を与えることができず、黒い塊の中心部は壊死している。増殖する黒い塊は勢いを止めず、脳の内側から脳をつつむ硬膜とその外側のくも膜を圧迫し、沸騰した鉄瓶のなかの蒸気のように固い頭蓋骨が破裂せんばかりに内側から押し上げている。蛍光剤で癌細胞を立体的に映し出して特定し、その壊死した中心部の癌細胞を切除、摘出することで頭蓋骨内の圧力を下げ、安定した状態をつくることができる。

壊死した癌細胞の全摘はできない。胃癌などの治癒切除ではなく、病巣切除なので九五パーセントまでが限界で、それ以上になると発語中枢に触り脳機能障害が起きる、ということだった。手術後、二週間ほどして安定したら、放射線を患部にあてて癌細胞を萎縮、死滅させる。放射線治療は六週間の予定、であった。その予定なら七月から八月の旧盆あたりまでが放射線治療となる。完治を目指す手術ではなく、腫瘍は〝本人らしさ〟が残る障害の程度に留められる範囲で取り除き、余命を本人と家族が穏やかに過ごせるように治療していく。そういう手術である。

そうすれば八月半ば以降、九月から十月ぐらいは比較的安定した状態を維持できるだろう。帰宅もできるし、旅行もできる。鈴木特別秘書が「海外旅行もできますか」と質問した。執刀医は「治療が順調に行けば可能性があります」と答えると、鈴木特別秘書は「ブエノスアイレスにいっしょに行けるかもしれませんね！」と期待感を込めて言った。それは無理だろうと思ったが、元気が出る言葉を探そうとしてくれたのだ。

執刀医の説明で、およそのタイムテーブルが見えた。余命数カ月ではなくなった。九月七日のブエノスアイレスまでは大丈夫だ、オリンピック招致を成功させられたら、テレビ中継でその場面に立ち会わせることができる、と少しほっとした。

執刀医の説明を受けてからゆり子が待っているので病室へ入った。僕と娘と豊田さんの名前を言ってから、息子を見て、一瞬、間があって「ラッキー？」と飼い犬の名前を言った。息子とわかっているのだが発語の部分に障害が生じて変換ミスになったことを自覚している。息子は眉をしかめたが、みんなの緊張がとけ笑い声が病室に満ちた。

発語機能の障害は日増しに強くなっていた。手術の前日、女性の言語聴覚士がベッドの脇に坐り、言語能力の検査を行った。娘が立ち会ったので、どんな様子かあとで教えてもらった。

「菊の花」「テレビ」など五種類のイラストを見せて答えるのだ。花が好きなゆり子は菊の名前はすぐわかったが、テレビのイラストの前で、おどけたような表情で「わかんない」と答えた。言語聴覚士は、「この部屋のなかにありますよ」とヒントを出した。それから「テ・レ・ビ」と自信なさそうに答えた。「正解です！」と言語聴覚士は言って、娘に「言葉と関連付けるきっかけを探せるようになると、日常生活が送りやすくなりますよ」と説明した。

ゆり子はピンクとグレーの縞模様のジャージ素材のワンピースに着替え、娘と病院のレストランであん蜜を食べ、コーヒーを飲んだ。そこはふだんと変わりないのである。

夕方、また娘と二人でレストランであん蜜を食べた。娘は、お昼に食べたでしょ、忘れたのかな、と訊いたら、はっきり憶えていて、それでも食べたいと言ったという。手術の前に体力をつけたいとの潜在意識ではないか。部屋に戻り、シャワーを浴びていたが時間が長く気配がおかしいので娘が覗くと、シャンプーが泡立たない、と言う。見るとシャンプーの入れ物が旅行用のもので小さいので間違えて化粧水の瓶を振りかけていた。

僕が仕事を片づけて到着したのは夜七時三十分過ぎだった。手術の前日だから、励まさないといけない。娘は、病室に泊まろうか、と提案したが、ゆり子は「ううん、一人になりたい」とはっきり言った。疲れがたまり深い眠りに入りたかったのだろう。

六月十二日水曜日、朝七時五十分に手術室へ入り、八時三十分から五時間余にわたる手術を無事終え、午後二時少し過ぎに手術室から集中治療室（ＩＣＵ）へ移った。簡易なガーゼの帽子が被せられ、赤い血が少し滲んで痛々しい。まだ麻酔が効いていたが、執刀医が「猪瀬さーん、ご家族のみなさんがいますよ」と呼びかけると薄く眼を開けた。「お名前は？」とさらに訊いた。昏に錘《おもり》が下げられたような重い口調で「猪瀬ゆり子です」と答えた。執刀医は僕らを見てにっこり笑った。大手術は成功したのだ。

翌十三日にはICUを出て個室へ戻った。見舞いに行ったら、お昼ごはんを食べている。ゆり子はおひたしの茶碗を左手に持ち、看護師さんが箸で口に運んでいる。おひたしの他におかゆ、白身魚の蒸し煮、ふりかけがトレーの上にあった。デザートのメロンも並んでいる。黒い髪に黄色のキャップを載せている。左の頭頂部に大きな手術痕があるが、キャップに隠れて見えない。頭蓋骨を開ける手術であっても、メスを入れる場所以外の髪は剃らないので大手術の直後とは思えないのである。術後の経過は良好のようであった。

その夜、僕は首相公邸で安倍晋三首相とオリンピック招致の打ち合わせのための会食をしている。未来へ向けての話し合い、五輪の未来は拓けても、ゆり子の未来は混沌としたまま消え入りそうでつらかった。翌十四日にはモルディブの大使、パキスタンの大使の訪問を受けてから病院へ向かった。IOC委員でなくても、イスラム諸国とよい関係であるとアピールしておきたかった。病院に着いたのは夕食後の時間であった。静かに眠っている。寝息も安定していた。

十五日は土曜日で休みなので娘も息子も病室に長く滞在できる。娘が仕出屋で「茄子とろろの冷製お惣菜」を買ってきた。茄子が好きなので、つるっと飲み込めると思ったからだが、あまり食欲はなく、残した。スターバックスのインスタントコーヒーも買ってきた。「コーヒーは、やっぱりいいね」と機嫌がよい。体調は悪くなさそうだ。昼食のデザートのメロンは包丁でカットされて食べやすくなっていたが、ひとかけらが大きすぎる。それを二分の一にしてみたら、まだ咀嚼しにくそうなので四分の一にすると、「四分の一だね」と自分で言いながら食べている。

容体がおかしい、と気づいたのは術後四日目の十六日日曜日であった。気だるそうに横たわっている。話しかけてもすぐに眠ってしまう。三時のおやつを吐いてしまい、夕食も口をつけず、フルーツゼリーを一つ食べただけだった。眠っている時間が長くなり、反応が鈍くなっている。それでも、娘がかけた病室の直通電話には「大丈夫よ、自分で電話を取れるからね。どんどん電話して。こっちからもかけるから電話に出てね」と元気な声で会話している。息子夫婦が帰った直後だったので、自分で電話に手を伸ばしている。娘は「回復しているんだな」と安心した。

その夜に何が起きたのか。

十七日月曜日、娘が昼過ぎに仕事先から「ママの声を聴いておこうかな」と病室に電話をすると豊田さんが出た。「豊田さん、こんにちは。ママ、元気?」と訊くと、豊田さんは険しい声で「いま病院へ来たほうがよいかもしれない」と答えた。異変が起きていたのだ。娘が病室へ着いたときには看護師がせわしく出入りしている。ゆり子はぐったりとしたまま眼を閉じていた。声の呼びかけに少し反応するぐらいで、右手が小さく痙攣していた。娘が掌を握り「ママ、来たよ、わかる?」と声をかけると、強く握り返した。

突然、口から緑色のどろりとした液体が流れ出した。「嘔吐だ」と豊田さんが声を上げ再び看護師を呼ぶ。担当医師と若い研修医が慌ただしく入ってきた。医師がライトで瞳孔の大きさを確認して、さらに「猪瀬さん、ちょっと痛いですよ」と一声かけて、手の甲に針を刺した。反射を見るためだったようで、ゆり子は眉間にぎゅっとしわを寄せた。意識が薄れときどき右手が震える。軽い痙攣も起きた。娘や豊田さんが声をかけても反応がない。

「CTを撮ったら脳が腫れている、もう一度、ICUで様子を見ましょう」となり、三時過ぎにICUへ移動した。

公務の合間に僕が駆けつけたのはICUへ移動した直後だった。カーテンをくぐってなかへ入ると枕元に娘と豊田さんがいた。豊田さんが「ゆり子さん、猪瀬さんが着きましたよ」と呼びかけ、僕がベッドサイドに駆け寄り「ゆりちゃん、ゆりちゃん、来たよ!」と言いながら回り込んだ。するとそれまで意識がなかったゆり子が、眼を閉じたままぐっと力を入れ起き上がりそうな勢いで、僕の発する声の方向へ三〇センチほど身体を寄せてきた。さらに近づいて耳元で「僕だよ」と言うと、眼の見えない人がものを探すように指を動かした。

娘が「さっきまでまったく反応がなかったんだけど、わかるんだね」と言うと、豊田さんは「ゆり子さんの猪瀬さんへの想いは特別なのねえ」と感嘆した。そのまま意識障害の小康状態がつづいた。

十八日火曜日、ネットで注文しておいたガン患者用の帽子を二つ持参して娘がＩＣＵに入ると、ゆり子は眠りつづけていた。帽子は、脳腫瘍を経験した当事者が「闘病中にもおしゃれに」と立ち上げたブランド「ハンドメイドハット」のもので、ゆり子が好きな薄紫色の花柄がひとつ、もうひとつはデニムの青色に黄色のパイピングがされたプロバンス風のデザインだった。

十九日水曜日、ふつうのいびきではない、大きないびきで回復の様子は見られない。

二十日木曜日、いびきはなくなり、鼻に入れられたチューブが煩わしいのか、眠ったまま右手をチューブにかけたので、回復しているのかな、と少し希望を抱かせた。

二十一日金曜日の早朝に容体が急変した。脳内出血を起こし昏睡状態に陥った。急遽、再手術という展開で、回復の見込みは立ちそうにない。手術が成功して小康状態が訪れるはずではなかったのか。予想外の展開であった。掌を握っても、もう握り返さない。

娘は「もう（手術は）いいのではないか。また頭蓋骨を開けるなんて、かわいそう」と言った。「救急救命的に命を救うだけの目的の手術」と医師から説明を受けていたからである。それに対して僕は「まだ（娘も息子も、僕自身もこのまま亡くなるという）心の準備ができていないだろ。このまま何もしないと数日で死んでしまう。手術をしたほうがよい」と強い声で言った。

六月三十日日曜日の深夜にスイスのローザンヌへ出発しなければいけない。再手術後、点滴で血圧や体温を調整するが予断を許さない状況であった。執刀した医師が慎重に言葉を選びながら説明した。

「二回目の手術から一週間近く経ちましたが見立てがあまり変わっていません。脳の損傷の程度は大きく、いつでも変化が起こりそうな状態です」

看護師さんが娘が買ってきた薄紫の花柄の帽子を、素敵ね、と言ってくれた。ゆり子はただ静かに穏やかに眠っているようにしか見えない。

もしかして、耳は聞こえているかも知れない。ラジカセを枕元に置いてＣＤをかけた。

花嫁は夜汽車にのって

とついでゆくの
……
命かけて燃えた
恋が結ばれる
帰れない　何があっても
心に誓うの

この歌（「花嫁」作詞　北山修、作曲　端田宣彦・坂庭省悟、唄　はしだのりひことクライマックス）が世に出たのは一九七一年（昭和四十六年）だった。テレビから流れてくる歌を聴きながら、上京したばかりで家具もほとんどないアパートの小さな部屋で、思わずゆり子と二人で顔を見合わせ、笑い合った。

「まったく同じだよなあ」

「ほんとにこの歌詞の通りだものね」

花嫁は夜汽車にのって

昏睡状態に陥ったゆり子を眼の前にして、「申し訳ない」と思った。自分勝手でわがままなことは承知していたので、ごめんごめん、と僕はよく謝ってきた。そして謝ったことなどすっかり忘れてまた思い込んだら一直線、自分勝手でわがままなことを、したり、言ったりした。ある日、病気が判明する半年ほど前、帰宅した僕があれこれと立て続けに用事を言いつけるので、「ほんとにもう、こんなわがままな人はいないわ」と呆れ半分に笑いながら「つぎの人に、この人を扱うコツをどうやって説明したらいいんだろ」と言った。「つぎの人」とは自分が動けなくなったり死んだりしたときの後添えである。冗談にすぎないが、いまではハッとする言葉である。僕のわがままを楽しんでいるふしもあった。

そうであっても、今度はもう、ごめんごめん、と伝えることが永久にできない、そう思ったとたん、なぜもっと日常の暮らしのなかでやさしい言葉をかけなかったのかと自責の念にかられた。

たまたま友人夫妻と、あるマンションを訪ねたとき、友人の奥さんが部屋番号をうろ憶えで間違って隣の部屋のドアフォンを押してしまった。すると友人は、奥さんを咎めることなく、のんびりとつぎのドアフォンを押すまで待っていた。せっかちな僕だったら、何でちゃんと憶えていないのだ、と怒ってしまうのに、と思いながらその様子を少し反省の気持ちを込めながら観察していたことがある。

仕事の厳しさとは違う小さな日常においてもっと寛容であってもよかったではないか、と昏睡状態でベッドに横たわる妻に対して謝罪しても、取り返しようがないのだ。

でもさ、とこころの均衡を取り戻すつもりで、やさしい面もたくさんあったよなあ、だって二人でひとつの夢を追いかけてきたんだものね、とゆり子の寝顔を撫でるように見守った。

僕が十九歳で、ゆり子が十八歳だった。水色のサマーセーターを着たゆり子は痩身で眼が大きく、二重でなく三重瞼で、春の芝生のように明るく笑った。笑うときに必ず口に左手をあてた。紺のポロシャツの胸に小さな赤い水滴のような形のバッジをつけている僕に「それはなに?」と訊いた。そのころ、献血をするともらえるバッジがあった。僕は母親の手術のために献血をした、と説明した。

僕の母親が良性脳腫瘍の手術をしなければいけない、と診断されたのは僕が十九歳、一九六六年だった。当時の医療水準では良性脳腫瘍であっても、頭蓋骨を開けて手術をするということは必ずしも生還を期すとはかぎらない大事であった。

「ものがよく見えない。横のほうが欠けているような感じなの」

母親はそう言い、長野市の日赤病院の眼科に詳しく診てもらった。視野狭窄の原因は腫瘍が視神経を圧迫しているからではないか、とわかった。当時はＭＲＩもＣＴスキャンもなかった。そもそも脳外科の専門医もほとんどいない時代だった。東京の虎の門病院を紹介され、腫瘍の形を調べるために首の血管から造影剤を注入してレントゲンで撮影するのである。首の血管から造影剤を注入されるのはかなりの苦痛を強いられることでもあった。

手術前、尼僧のように剃髪した。

「視野が回復するとよいのだけれど……」

母親はつぶやき、僕は内心、命があればよいのだけれど、と思い頷いた。

手術は、妻と同様に朝八時三十分に手術室に入り、午後三時近くに終えた。その間、ずっと屋上でスモッグに覆われた灰色の空を眺めていた。高度成長で排気ガス対策が遅れていた時期、日本で初めての超高層、霞が関ビルができたばかりのころである。

母親の手術は、うまくいったほうだと思う。視神経を圧迫している腫瘍を取り除くために嗅覚の神経は切除せざるを得なかった、と執刀医は説明した。回復は順調で、中学校の教師をしていたのだが復職することができた。

しかし、根治はかなわず、数年後に再発すると予告され、実際に再発し、母親の体力はしだいに消耗していった。

父親が三十六歳であっけなく死んだのは三歳半のときで、葬式の光景は鮮明に記憶している。突然死だった。父親の親友の医者がすぐに駆けつけたが、いきなり号泣したので、母親はその瞬間に完全に死を悟ったそうだ。心筋梗塞や狭心症というが、昔のことだから病名は確定できない。十年前、僕の仕事場にときどき顔を出す好青年が三十六歳で突然死した。幾日も徹夜を繰り返してパソコンの前で引っくり返ったという。脳幹出血という診断だった。三十代半ばぐらいは統計的に突然死のピークがあり、過労を引き金として遺伝子のバグが出ることもあるようだと、知り合いの医師から聞いた。

母親は中学の国語の教師の免状があって、父親の死後、仕事をしながら僕を育て『少年少女世界文学全集』を買い与えてくれた。エドガア・アラン・ポオが気に入った。文学少女だった母親は、自分を励ますために短歌を詠んだ。

火照りたる躯を雨に打たれいし
かかる愉悦をきみは知らざり

魔法の杖になるかもしれぬ一本の
アンブレラもち森へゆくなり

はじめの歌はどちらかというと与謝野晶子ふうで情熱的、つぎの歌は俵万智的なモダンな作風といえる。女性には愚痴を避けて巧みに夢見る力が備わっている。

東京から文芸評論家が訪ねてきた。料亭に招かれたが、若い未亡人に対する下心が透けて見え、逃げるように帰った、とは僕が成人してからようやく聞き出した話である。

母親は美人だった。だから妻も美人がよい、と勝手に決めていた。もちろん形ではなく内面と天然の部分の調和があればこそ美人という意味だ。

母親の脳腫瘍の手術のあと、僕は地元の国立大学に行くことにした。そこでゆり子とめぐり合ったのである。ゆり子の家はいわゆる旧家で、戦後の農地解放以前の地主時代には家から尋常小学校まで他人の土地を踏まずに行くことができた。実家では、大学を卒業したら県庁や銀行など堅い職業のサラリーマンと結婚するという常識的なコースを歩むほかに選択の余地はないようだった。

僕は漠然と作家になりたいと考えていたが、母子家庭であっても特別な苦労をしたわけでなく、極限的な体験をしたわけでもない、すなわち人生経験が足りないので、書かなければ生きていけないほどの深刻なテーマは抱えていない、と自分自身には冷めた見方をしていた。

冷めているのは僕だけではなく、五十歩百歩みな同じではないかとも感じていた。ゼブラのボールペンのテレビCM「見える、見える」が耳に残って仕方がないのだ。それまでのボールペンと違って透きとおっていて芯の減り具合がわかる画期的な新製品だった。時代は右肩上がりの高度経済成長に突入しており、就職して大きな会社に入ってサラリーマンになって、とずっと先の先まで見える、見える、という感じだった。戦後社会と呼ばれたが、日本は復興の混乱期を脱して、まさに「坂の上の雲」を目指して走り出していた。

「おもしろいことはないか」

友人との会話はたいがいそういうところに落ち着いた。学生運動が一種の流行病のように全国に拡がった。左翼のイデオロギーをかざして騒いでいるように見えるが、なにをやりたいのかわからない、でもなにかをやりたい、そういう軽さが根底にあり、与えられた自由をもてあそぶしかない、むしろそういう深刻さのほうが問題であった。圧政に苦しむ途上国の人民とは似て非なるものだった。

明治時代の歌人、石川啄木は「おもしろいことはないか」と若者が叫ぶのは不吉なことではないか、と述べている。明治時代も終わりかけ、大人たちの築き上げた社会の仕組みに若者が安住して、自分の出番を見失っていたからだ。官僚機構が世の中を仕切りはじめると、つまらない世界ができてしまうのである。戦後社会も枠組みはもうつくられており、「冷戦」という安定した平和のなか、がむしゃらに大きな目標を探す必要がなくなっていたのである。

それでもベトナム戦争が泥沼化して佐世保港に米空母エンタープライズが入港すると、それいけ、と退屈をまぎらわすため時代の渦巻きの中心へ向かった。機動隊に催涙ガスの放水を浴びせられズブ濡れにされたが、それはなにかを経験したいという渇望にすぎず、疑似経験にすぎないとわかっていた。わざわざ豆腐の角に頭をぶつけにいくようなものでもあった。

むしろ、僕の経験は別のところで発見を得た。バリケードストライキによって学生と教授会のディベートが始まってからだ。「なぜ、そのような結論に達したのか」と訊ねると「これが教授会の結論です」としか答えない。「その結論に至るまでの個人の意見を訊きたい」と質問しても「個人の意見は言えません」と堂々巡りに陥ってしまう。全体の結論がどうあっても、個人の意見は別にあってよいし、ロジックなのだから隠す必要もまったくない。どうもこの辺りに日本的な意思決定の病巣が潜んでいるのかな、と感じた最初の経験だった。

毎日、毎日、自分の居る場所がどこなのか、そればかり考えていた。ずっと迷いながら考えていたことは、この国の根っこについてである。イデオロギーも新製品も時代の表層を流れていくが、相対化されずに存在する核のようなものがあるはずで、自分が苛立ったのはその核がわからないからではないのか、と。

結局、世代論に端を発して自分のアイデンティティについて考えあぐねていた。日本人論といってしまうと、急に色褪せてしまう。そうじゃない、そういう範疇ではスタティックで、なにもはじまらない。もっと別のものだ……。

誰でも二十歳ぐらいのときは天才である。年配の人の服装がどれほどダサいか、直感で判断できる。それと同じで言葉、思潮、振る舞いもそうだ。確たる根拠もないまま自信をもつことができるのである。

ひとまわり上の世代であった石原慎太郎が最年少で芥川賞を獲り、大江健三郎がつづいた事実だけはしっかりと頭に刻まれており、締め切りは二十三歳だと決めていた。だがとうとう作品をひとつも書けなかった。「小説とは、本質的に、方法論を模索する芸術である」（三島由紀夫）ならば、進化の証しを示さなければいけないのである。

そのころ『ティファニーで朝食を』で知られるトルーマン・カポーティの新作『冷血』が翻訳された。夢中で読んだ。文学のなかにノンフィクションという最新の方法論があることに気づかされた。小説のゆきづまりということは随分とかまびすしくいわれた時代で、事実を徹底的に洗い出すことによってつくる方法は新鮮だった。

見える、見えると決めつけられた未来を自分の意志で消したらどうなるか。しつらえられたコースからはみ出てみたらどうなるか。なかなか勇気がいるようだが、ちょっとした弾みがあれば簡単なことでもあった。大学ではバリケードストライキの最中であり、そこから抜け出して就職試験を受けに行くことを潔しとはしなかった。就職試験は受けずじまいで、世間に放り出された。

僕は何の成算もなく上京した。「僕が先に行って場所を見つけるから、そうしたらすぐにおいで」と言い残して、車に入れたのは布団一式とテレビとギターだけだった。ゆり子は、後からすぐに行くわ、と言った。自室の布団を膨らませ寝ているかのよう見せ、深夜、トランクひとつ持ちひそかに裏木戸から家を出た。「花嫁」の唄のように僕を追いかけて夜汽車に乗った。

第二章
何もなくても愛があれば

娘が保育園から小学校へ。
学童保育のキャンプに付き添い。

神田川流れて

西武新宿線の沿線にアパートを見つけた。近くに神田川の支流、妙正寺川が流れている。私鉄沿線の駅前は、どこもよく似た光景で一方通行の商店街を抜けると、木造モルタルのアパートが連なっている。表通りに面した色鮮やかな看板も、裏通りの狭い路地からは不器量なつっかえ棒が見えてしまう。そういうありきたりの街の底で僕たちは身を寄せ暮らしはじめた。

どうしてそういう成り行きになったのか、いまでもはっきり説明できない。最初に眼と眼が合った瞬間、光の速度で一心同体で生きると決めた。

「街の喧噪が余の周りを渦巻く中／長身で痩せた一人の女が通り過ぎた」

フランスの詩人シャルル・ボードレールが「通りすがりの女へ」で描いた女性はそれっきりだが、僕らの場合はその一瞬の出会いが永遠になった。通りすがり、でなく大学のキャンパスでまた会えた。会える日があれば毎日のように会い、会えない日があればつぎの会える日のことを考えればよいのだ。だから毎日、いっしょにいられるならそれだけでいいのではと考えた。ふつうは就職も決めていない、作家になりたい、では不良に近いと怪しむだろう。長い髪にミニスカートが似合うゆり子には天然の楽天性が備わっていた。

アパートには風呂がない。そのころは風呂のないアパートがあたりまえでもあった。「神田川」の唄のように「赤い手拭い、マフラーにして」二人で銭湯へ行った。銭湯の煙突は悠然とそそり立ち、その孤影が頼もしくもあった。

一九六〇年代の学生運動の季節が終わったな、と思ったのは三波春夫の「こんにちは／こんにちは／西のくにから／こんにちは／こんにちは／東のくにから」という唄が流れ始めたときである。日本中がいっせいに万博でわきかえっている感じだった。生まれてこのかたこれほど能天気な声は聴いたことがなかった。歌詞は「一九七〇年の／こんにちは」とつづいた。ある日、目覚めたら、経済大国になっていたのである。眼前に茫洋《ぼうよう》と拡がっている一九七〇年代という時代に、どう身構えてよいのかその術はまだわからない。

上京したのは一九七〇年（昭和四十五年）三月だった。とりあえず仕事を見つけなければいけない。年功序列・終身雇用のシステムが、学生時代に就職試験を受けないと雇用の入口がない仕組みになっていることは知らなかった。職業安定所（ハローワーク）に行ってみたら、学生時代の友人たちが勤めているような企業は受け付けていなかったのだ。しかし、僕たちは深刻ではなかった。二人で、なんとかなるさ、と笑い合った。しつらえられた未来を消したのだから、当然である。型にはまることなくどんな未来をつくるのか、それは想像力のありようなのだから。

そう居直っても、当座の生活がある。ゆり子は喫茶店のウェイトレスに出た。それから教員資格があるので受けてみよう、となった。六月に東京都の小中学校の臨時教員採用試験があり、合格した。夏休み明けの九月から品川区の小学校に勤務できると決まった。

問題は僕のほうである。高校時代の友人で競馬新聞の記者をしていた男が「こんな仕事は飽きた。ひと儲けしないか」と誘いにきた。

友人に土建屋の息子がいる。彼は独立したがっている。いっしょに事業をやらないか。建設現場の親方になればよい。完成間近のマンションには、工事中に出たコンクリートの塊や廃棄物がたくさんある。その片付けを請け負い、窓ガラスの汚れを拭き取るために、学生アルバイトを集め差配するのだ。あちらこちらでビルが建築されている。建築の最終工程を隙間産業と考えれば、ネズミ算式に仕事がふくらんでいくはずだ。まだ人材派遣という言葉がないころで、うまい話のように思われた。実際には便利屋的な仕事も混じっていた。すぐ口コミで三、四十人の学生が集まった。東大中退もいれば高校中退もいた。大学は長い間ストライキばかりやっていて、すっかり騒ぎも消え失せたのに学校を辞めてしまったり授業に出る気がなかったりする学生はめずらしくなかった。

一九七三年（昭和四十八年）のオイルショックまではそんなふうに漂っている若者が大勢いた。ある日、ヒッピー風の長髪に髭面の男が、仕事をやらせてくれ、と言ってきた。無口でよく働いた。幾日か行動をともにしているうちに、冗談を言い合う間柄になった。たまたま二人で隅田川沿いの材木倉庫へ出かけた。電柱のような丸太をこちらの倉庫からあちらの倉庫へ移す単純な仕事である。僕は髭面男と前と後ろになって太くて重い丸太を担ぎ、よろけながら運んだ。昼食を食べてから、堤防に坐って隅田川を行き来する船をぼんやりと眺めていた。

髭面男はいきなり「三島由紀夫をどう思う」と訊いてきた。僕がその方面に少し詳しいと耳にしていて親近感を抱いたようだ。三島由紀夫が市ヶ谷の自衛隊東部方面総監室で割腹自殺したのは一九七〇年（昭和四十五年）十一月二十五日だった。

「三島由紀夫は凄いよな」

質問というよりほとんど独り言だった。

「死ぬって、凄いな」

僕は大人びた口調で遮った。

「でも小説に書いてあるような出来事なんて、もう実際には起きないんだ」

短い沈黙のあと、彼は遠方に視線を泳がせて、乾いた小さな声でぽつりと言った。

「ほんとうにやるんだものなあ」

中途半端な自分が責められている。そんな気がした。

「青春にクライマックスがあるってのは、あれはウソだぜ」

彼にそう言ったのか、自分に向かって言ったのか、いまは憶えていない。

倉庫係が「すまん、間違えた」と謝りにきた。丸太を元の倉庫へ戻してくれ、というのである。結局、僕たちはまったく非生産的な午後を過ごすはめになった。運んだのは徒労感だけだった。

数年後、三菱重工ビル爆破事件が起きた。しばらくして朝刊の一面トップに「連続爆破事件で七人逮捕」の文字が躍った。「東アジア反日武装戦線」と名乗る彼らの顔写真のなかに、長髪を刈り込み髭をきれいに剃った背広姿のあいつの顔を見つけた。僕の眼は釘付けになった。逮捕される寸前、青酸カリ入りのカプセルを呑み込み自殺、と報じられている。

三島由紀夫の自決は三波春夫の唄が聞こえた一九七〇年の万博が終わってからである。死ぬ少し前、「無機質な、からっぽな、ニュートラルな、中間色の、富裕な、抜け目がない、ある経済大国が極東の一角に残るであろう」と予言していた。

のちに僕は三島由紀夫の評伝（『ペルソナ　三島由紀夫伝』現、文春文庫）執筆のため各地で資料を漁り、関係者に取材をした。傍らテレビ局に保存されている三島事件を報じるニュース番組の素材動画も繰り返しチェックした。楯の会の制服を身につけ鉢巻姿でバルコニー上で演説する三島の姿はいまでも戦後史特集のハイライトとして使われる。僕は、ふっとある場面で一時停止ボタンを押した。それは拳を振り上げた三島の勇ましい映像ではなく、ただ市ヶ谷駐屯地の正門が映っているだけのありふれたシーンだった。

看板の墨文字が「市ヶ谷駐とん地」となっている。平仮名の「とん」の間の抜けた印象がたまらない。とたんにすべてが滑稽に見えてきた。やがて悲壮感漂わせた三島の顔と重なり、憐れみを覚えた。僕は思わず、「あんたのせいじゃないんだよ」とつぶやいていたのである。三島が自決したころ、日本人に与えられ日本人が喜んで受け入れた戦後民主主義は価値相対主義の泥沼へ転化する兆しがあった。

ニュータウンへ

「ここから抜け出す方法が何かあるはずだ」
　ペテン師が泥棒に言った

　ボブ・ディランの「見張り塔からずっと」の唄で言う通りだ。僕は迷路のなかにいた。誰かが出口を用意しておいてくれるものではない。自分がどこから来て、どこへ行くのだろうという問いの前でうろついていた。

　学生時代に就職試験を受けなかったのは、いっせいに右へならえ、と進むことに疑問を抱いていたからだ。いっしょに就職した仲間は、同期の桜、となる。日本独特の終身雇用・年功序列の世界で心理的に安定感を得る。いまの僕なら就職試験は社会とか世間とか、とりあえずとっかかりをつかむための方法と考える智恵は備わっているが、当時は若気の至りで〝いっせいに〟が皮膚感覚でいやでたまらなかった。

それは「平和」であろうが「戦争」であろうが同じであった。作家吉行淳之介のエッセイ「戦中少数派の発言」に時代は違うが似たような心境が綴られているのでちょっと引こう。

「昭和十六年十二月八日、私は（旧制）中学五年生であった。その日の休憩時間に事務室のラウド・スピーカーが、真珠湾の大戦果を報告した。生徒たちは一斉に歓声をあげて、教室から飛び出していった。三階の教室の窓から見下していると、スピーカーの前はみるみる黒山の人だかりとなった。私はその光景を暗然としてながめていた。あたりを見まわすと教室の中はガランとして、残っているのは私一人しかいない。そのときの孤独の気持と、同時に孤塁を守るといった自負の気持を、私はどうしても忘れることはできない」

吉行少年が、歓声をあげて飛び出さなかったのは、ある種の生理的反応だから説明しにくい。何かが違うぞ、という直感である。表層を流れる空気にさらわれて自分を見失いたくなかったのだと思う。

僕たちはディズニーランドのような、表面だけアメリカナイズされた嘘の世界に住んでいるのではないか。三島由紀夫が苛立ったのは「戦後」という枠組みが、あたかも民主主義の理念であるかのように語られていたからであった。そのころの新聞の思潮では「ナショナリズム」という言葉は否定的な文脈でしか使われていない。「軍国主義」と同義語の扱いだった。それなら明治維新は何だったのか、ということになってしまう。もう少し深いところで培われた戦前と戦後を連続させているものが生活であり文化だとしたら、自分がどこから来て、どこへ向かうのか、直感とロジックと歴史的事実で整理する必要があった。その問いは自分自身の生活のためだけの問いでなく、日本という国の近代化とこの先の見通しを重ねて見つけられるはずであった。そうでなくては新しい世代の作家を目指す意味はない。

僕は文芸評論家で『日本浪曼派批判序説』『歴史と体験』の著者橋川文三に教えを請うことにした。三島由紀夫が主張する「日本」という概念はきわめて恣意的な面が強い。中世の日本なのか、近代化によってつくられた日本なのか、渾然一体であった。橋川さんは三島由紀夫の「天皇論」には論理矛盾があると厳しく指摘していた。三島はその批判を否定せず、橋川にわざわざ礼状を書いている。調べてみると橋川文三は明治大学で教鞭をとっていた。その著書から文芸評論家だと思っていたのは僕の勘違いで、政治思想史が専門だった。

ナショナリズムは日本の近代をつくってきた原動力であり、その原動力は、表層のモダニズムとは違う深い部分で、日本の風土や天皇制という求心力と結びついているのではないか。日本的ナショナリズムを解明することによって、日本とは何か、日本人の心の奥底に潜む集合的無意識とは何かが浮かび上がってくるに違いない、と確信した。

ゆり子に僕は言った。どうも同時代と同世代を混同してものを考えている者が多いが、明治維新ぐらいまで遡ってからテーマを設定しないと、石原慎太郎や大江健三郎の世代を超えられない、したがって橋川先生がいる明治大学大学院へ通ってみようと思う。作家になるためだよ、と念を押した。ゆり子は、いいわよ、小学校の先生をずっとつづけるから学費の心配は要らない、と答えてくれた。こういうやりとり、つまり僕が新しく提案すると、ゆり子は必ずノーでなくイエスと肯定したうえで、さてどうするかと考えた。否定からではつぎの展開は生まれない。

実際に大学院へ通ったのは自分の仕事もあるので一年ぐらいの期間だが、後に発表する『ミカドの肖像』（現、小学館文庫）の要素となるテーマが見えてきた。講義を受けるより、橋川先生との一対一の対話で頭の筋力トレーニングができたことが成果だった。

西武沿線のアパート暮らしは四年間つづいた。二年目に一間のアパートから二間のアパートに引っ越したが、風景は変わらない。四年目、ゆり子が妊娠した。子どもが生まれたらアパートでは狭すぎる。お風呂もほしい。いつまでも「神田川」の唄のような根無し草の生活はできない。出産前までに思い切って郊外の三ＤＫの団地へ引っ越す決心をした。

ゆり子のお腹がだんだん大きくなっていく。制度上は産休がとれる。だが出産の二カ月前からだ。ゆり子が勤務していた小学校は品川区にあったので、西武線から山手線に乗り換え、さらに京浜急行に乗り換えた。

「お腹に大きなリュックサックを抱えているみたいでたいへんなの」

押し合いへし合いの通勤ラッシュのなか、出産ぎりぎりまでの通勤はかなりきつかったと思う。

郊外の団地はたいがいかつて山林や畑だった丘陵に建てられている。コンクリート造りの四階建てが、芝生のなかに等間隔で並んでいた。二千五百世帯、およそ一万人が住む大きな団地だった。日が沈むと色とりどりのカーテンに明かりが点灯し、小さな幸福の世界がショーウインドウのように並ぶ。夫はサラリーマン、妻は専業主婦あるいは共働き、子どもが平均二人、と核家族の典型的なベッドタウン、人工的な清潔感と画一性は、都心に近い私鉄沿線の一方通行と路地裏だらけの生活感とは対照的だった。

娘は夏、引っ越したばかりのそのニュータウンで誕生した。引っ越し先の団地は横浜線の沿線で最寄り駅まで歩くと三十分もかかる。バスを利用するしかなく、横浜線から京浜急行に乗り換え、勤務先まで一時間三十分もかかった。ゆり子は再び通勤難に直面した。それも朝いちばんで無認可保育所へ寄り、それからバス停へ走り……、と慌ただしい。

当時はゼロ歳児保育は公立保育所でほとんど受け付けてくれなかった。民間のボランティアが手弁当で運営する無認可保育所は保護者の負担額が大きい。課題は、通勤時間が長いため保育の延長時間ぎりぎりに駆け込むことや、病気になったときの臨時の預け先を確保することだった。

保育士さんとコミュニケーションをきちんととることが大切なので、ゆり子は小型の「連絡ノート」に丹念に記入していた。保育士さんも保育園での様子を書いて返してくれた。

「今朝、たくさんの便をしましたが臭いが強いので心配です。色と固さはちょうどよいのですがすっぱいような強い臭いでした。一日一回しかしませんので園ではしないと思いますが、もしもしましたら正常なのかどうかみていただきたいのですが」

「今日のお迎えはベビーシッターの方になりますのでよろしくお願いします」

エピソードも忘れずに記入した。

「おむつをはずしてあげると気持ちよいのかよくおしっこをします。パパがお風呂から出たときにパウダーでたたいてやるのですが、よく気持ちよさそうにおしっこをします。パウダーが流れ、下のタオルに染み込むのでうるさ型のパパは、汚いな、もうこのタオルは絶対に使わないゾ、と騒ぎます。そんなタオルが幾つもあります。お風呂から出たパパは知らずに顔まで拭いています」

「朝、目覚めたら赤ちゃんの顔は天使のようでかわいい。ニコッと笑いかけてくるからたまらない。十分間ぐらいベッドで抱きしめたり頬ずりをしたりしていました」

僕は引っ越しを契機に友人とはじめた建築関係の仕事は辞めて、若干の蓄えをもとに大学院の修士論文に専念することにした。翌年の一月末の締め切りで、正月明けの土曜と日曜にゆり子に清書を手伝ってもらった。

「パパの論文の仕上げで一日中忙しく終わる。娘はめずらしく昼寝をしてくれたので随分助かった。パパが用事で出かけた間にベランダに出て歌をたくさん歌ってあげる。とてもごきげん」

作家になると宣言して、結局、作品を一枚も書かなかったが、論文は四百字詰めの原稿用紙で二百枚ほど書いた。橋川先生のお宅まで持参すると、僕の眼をじっと見て、あまり表情を変えず、読むから、と書斎へ消えた。僕は応接間で待った。一時間以上も経ったろうか。予想外に長い時間だった。戻ってきて、ここと、これ、と引用文の漢字の誤字を三カ所ばかり指摘した。さっと眼を通すだけと思っていたら、引用文まで一字一句ていねいに読み込んでいる。

「君は文章がよい。僕のようなどっちつかずの大学教授などにならず、作家なり評論家なり、自立してやってみたまえ」

古武士のような静謐《せいひつ》な表情が緩んだ。そんなかんたんにはなれないよ、と内心では思ったが、いつまでも怠けていてはいけない、と自分を戒めるきっかけとなった。

ゆり子は四月から横浜線の沿線の小学校へ転勤することになった。勤務地に対する希望はかんたんには受け付けてもらえない。ようやく認められた転勤先は、八王子に近い駅で降りてからさらに自転車で二十分以上かかるような山間の村落のなかにあった。

「僻地《へきち》手当が出るのよ」

ゆり子は苦笑いした。それでも通勤ラッシュと逆方向であったから、子育ての第一歩は踏み出せた。

僕はフリーのもの書きとして少しずつ仕事が入りはじめていた。時間に余裕があれば迎えに行ったが、いったん都心に出てしまうと帰り時間が遅くなるので、保育時間を中心にそれぞれの行動をコントロールしなければならない。

こうして一年、二年、三年……、だが公立の認可保育所へはなかなか入れない。無認可保育所の保育料は月に四万円だった。ゆり子の当時の給料の半分近い。

「これじゃ、私立のお嬢さま女子大を卒業させたことになるね」

僕は冗談に言った。だが誠実な保育士さんたちに恵まれた。連絡ノートに毎日記入してくれた。

「近くの公園に行きました。一面、雪、雪、雪でした。みんなで足跡を着けて帰園です。
九時前のおやつ、ビスケと牛乳　昼食、かじきムニュエル、カレーフライポテト、味噌汁、ご飯　入眠十二時五分から十三時四十五分　三時のおやつ、サンドイッチ、ミルクコーヒー」

団地暮らし三年目の夏。

「うちの主人はよくしゃべります。女性のおしゃべりとは本質的に違いますが、誰とでも気軽に話のできるところは長所ですね。私と主人がよくしゃべることは有名なのです。昨夏、信州へ帰省するときに後部座席に主人の姉と子どもたちがいて前の座席にわれら家族が乗って、六時間の車中、私と主人が絶えずしゃべりつづけていたことに姉はびっくりしたそうです。田舎へ行っても主人の後に私がくっついて歩いておしゃべり。みんな曰く、金魚のウンコみたいな夫婦。毎日いっしょにいてよくしゃべることがあるわね。こんな夫婦の子どもですからおしゃべり娘なんです。

今日は久しぶりにパパがいましたので二人で仲よくお買い物。帰りにカラー粘土を買ってもらってごきげん。パパが、これ何に見える？　娘は、えーと怪獣。パパは、怪獣とかオバケとかごまかすな。何だってそう見えるだろ、もっと具体的に言うの。娘は、じゃ犬かな。パパ、そうだな。娘、でもしっぽもみみもない。パパ、いまからつけるんだ。夜のひととき、おしゃべりはつづきます」

四年目、ようやく公立の保育園が受け付けるという情報が入った。

「明日は保育園の面接ですが、それが終わってからなので九時過ぎてしまいます。よろしくお願いします。このごろパンはなんでできているの？　テレビはなんでできているの？　と質問攻めにまいっています。適当に答えだすと主人が、子どもの質問には科学的に答えてあげなさい、なんてえらそうなことを言いますし（自分が相手になってやればいいのに）、頭がおかしくなりそう。ベッドに入ってようやく眠りかけたのかなと思っていると、耳に口を寄せてきて、ベッドはなにでできているの？　もう黙って寝なさい！」

「家ではやさいを食べさせるのに主人がとてもやかましく言います。いつもレタスを一枚は食べます。昨日は帰るなり、パパとトマト四つも食べたよと指を四本たてて言いました。明日は園の花火大会、主人はチビちゃんたちがキャーキャーいっているときは好きじゃないけど、花火に火つけるのは好きなのでその時間になったら来ると言ってます」

僻地勤務を経たゆり子の転勤希望は認められ、自宅から車を運転して四十分の小学校に決まった。電車通勤から解放された。それから二人目の子ども、息子が生まれた。娘が公立の保育園に入れたので負担額が二万円に半減したが、今度はゼロ歳児の息子が無認可保育所へ通うことになった。保育料は一カ月六万円に跳ね上がっており、二人合わせて八万円の負担である。そのころの私立大学の学費と同じ、同時に二人通学させる勘定だった。ゆり子は仕事の行き帰り、二カ所の保育所に立ち寄らなければいけない。

僕は原稿を書く生活が少しずつ回りはじめてはいたが、雑文書きでは単価が安い。都心から離れた団地暮らしでは、時流から置き去りにされてしまうのではないかと不安感が嵩じていた。

団地から都心まで一時間三十分、取材や打ち合わせの場所までさらに時間がかかる。帰りも終電近くになり、すれ違いの時間が増えた。ゆり子と子どもは朝が早い。帰宅の時間には眠っている。そっとドアを開ける。キッチンのテーブルの上にメモがある。

「ロールキャベツつくりました。ラップを被せて冷蔵庫にあります」

ゆり子に感謝しながら、このままの自分では「夜汽車にのってとついで」きた「花嫁」の期待には応えられないとも思った。ステップアップのためワンルームマンションでもよいから都心に仕事場をつくろう、と決心した。持ち物は、と思って上京する際に持参したギターを探したら、見つからない。引っ越しのどさくさのなかで紛失したのかもしれないが、すっかり忘れていた自分にあきれた。たいしたことじゃない。失ったものはまだそれだけだ。生活を組み立て直せば、迷路から抜け出す方法はあるはずだ。僕たちの二十代が終わろうとしていた。

最後のロールキャベツ

ローザンヌへ出発する日が迫っていた。二〇一三年六月二十一日金曜日の再手術の結果は思わしくなかった。集中治療室（ＩＣＵ）に執刀医師が、小瓶を二つ、手にして現れた。小瓶のひとつに血の塊が入っている。もうひとつには切り取られた腫瘍の塊があった。眼を背けたくなるほど生々しい。執刀医師としては、再手術は病気の回復のためでなく「これだけ切除しました」「一命を取り留めるために最善を尽くしました」という証拠を示すつもりであったのだろう。

僕はローザンヌ出張の打ち合わせに追われていた。プレゼンの練習もある。

夜、小雨が降っていた。濡れてもよい。黙もくと三キロメートル走った。ゆり子が不在のままの郊外の木造住宅ではなく、入院後は西麻布のコンクリート打ちっ放しのアトリエ暮らしになっている。

ゆり子は、以前から僕が帰宅できないときのために、ロールキャベツをつくって西麻布へ持ってきてくれていた。外食ばかりで野菜不足にならないよう気遣ってのことである。多忙のなか入院前に持参してくれたロールキャベツは冷凍保存にしたままだった。

六月二十四日月曜日、執刀医師から「脳幹・視床下部が崩壊の恐れあり。一週間から十日がヤマ」と説明された。それならローザンヌの出張と重なってしまうではないか。

毎日、スケジュールの隙間を見つけては病院へ通った。刻一刻と症状は悪化していく。「脳の損傷が大きい。変化が起こりそうな状態」と医師は婉曲的な言い方をした。変化が起こる、の意味は「死」である。

為す術もなく「花嫁」のCDを、またかけた。もう聴こえてはいないのかも知れない。聴いているのはベッドサイドの僕ひとりなのだ。西麻布へ戻り荷造りをしていると、娘が仕事先から心配して電話をかけてきた。

「ちょっと、立ち寄れないか。ママのロールキャベツが残っている。いっしょに食べたいんだ」

娘が着いたので赤ワインの栓を抜いた。冷凍のロールキャベツが七個も残っていた。電子レンジで解凍した。娘が言った。

「子どものときからの懐かしい味だね」

「ママが生きているうちに食べられてよかっただろ」

自分に言い聞かせていた。ローザンヌへ出張している間にゆり子は死ぬかもしれない。別れの儀式をひとりでやるのは辛かったので、娘が馳せ参じてくれて気持ちがほぐれた。出発は六月三十日日曜日である。空港へ向かう前、幼なじみの脳外科医で、長野市民病院の竹前紀樹病院長が上京して見舞いに立ち会った。カルテやMRIの画像を見ながら執刀医師と話し合ってくれた。友人だから症状についてホンネで語ってくれる。ゆり子の瞳を覗きながら「瞳孔が開きかけているので、いつ逝ってもおかしくはないな。今度のローザンヌ行きは、覚悟をして出かけるように」と言った。

出発間際、空港へ着く前のぎりぎりの時間の六月三十日夜十一時、もう一度、病院を訪れた。永遠の別れだと思って、額に接吻して別れた。今晩、明日、明後日、招かれざる「死」が不意にやってくるかもしれない。

七月一日午前一時羽田発。ローザンヌ到着後も、ゆり子のことは誰にも言わなかった。プレゼンテーションで隙は見せられない。だが、ひとりになると、僕はひたすら祈った。

「なんとか僕が帰るまでもってほしい」

イスタンブール、東京、マドリードの三都市による招致レースはヤマ場にさしかかっていた。ローザンヌにおけるテクニカルブリーフィングは、マラソンレースにたとえれば三〇キロから三五キロすぎの勝負どころを迎えている。ロングスパートをかけて逃げ切りをはかるか。最後のトラック勝負に賭けるか。相手の出方を窺いながら、水面下でめまぐるしい駆け引きが繰り広げられた。

ＩＯＣが重視する指標のひとつが開催地の熱意、つまり支持率だ。新聞社を含めて官民いろいろな組織が世論調査をするが、ＩＯＣにとって正式な数値は自らが実施する二度の覆面調査だ。前回、二〇〇九年（平成二十一年）の二〇一六年五輪の招致活動では国民の支持率が低迷して最後まで足を引っ張った。四年前の最終調査は五六パーセントだが今回は七〇パーセントなので課題はクリアしていた。

フランクフルト経由で七月一日月曜日、朝八時三十分にジュネーブに着いた。そこからローザンヌまで車で一時間である。ホテルに到着後、休む間もなくすぐにプレゼンのリハーサルが開始された。途中、三十分ほど時間が空いた。外に出ると、快晴。気分転換にフェンシングの太田雄貴選手と、パラリンピック陸上女子走り幅跳びの佐藤真海選手を誘い、三人でレマン湖畔を三キロほど走った。真海さんは宮城県気仙沼市の出身で右膝下は義足、五メートル以上跳ぶ走り幅跳びの日本記録保持者でもある。真海さんは最初、僕に遠慮してゆっくり走ってくれたけれど、だんだんペースを上げていき、速くてついていけない。太田選手が気を遣って「真海さん、ちょっと待って。猪瀬さん、間に合わないよ」と笑いながら声をかけた。

イスタンブールのチームも同じホテルに宿泊しており、廊下で出会ったりするから笑顔であいさつはするけれども、気を許せないという感じで滞在した。ひと休みのためオープンカフェでコーヒーを飲むのだが、そこにも彼らの姿があり、こちらに視線を向け、意識している様子が窺えた。僕はポケットからそっと携帯電話を取り出し、メールを覗き込んでいる。ローザンヌにいる間に、ゆり子の訃報が届くかもしれないのだ。

七月三日水曜日のプレゼンテーションに頭を集中させなければいけない。ゆり子が危篤状態であると誰にも打ち明けられない。ツイッターにこう打った。

「ローザンヌの空を見上げて、思うこと多し」

熾烈な招致レースの陰で、僕は挫けそうな心と戦っていた。プレゼンは笑顔で堂々とやらなければいけない。メンバーに心配をかけ動揺を与えることがあってはならない。

いよいよ七月三日、テクニカルブリーフィングと呼ばれるプレゼンの会場は湖畔から坂を登った市街地の中心部のホテルだった。

各都市には、プレゼンテーション四十五分と質疑応答四十五分の合計九十分、さらに公式記者会見二十分の時間が与えられる。イスタンブール、東京、マドリードの順で行われた。

麻生太郎副総理につづいて登壇した僕は、東京が七万五千人の旅行者に対して行われた調査で世界一安全な都市に選ばれたこと、日本人にとってはあたりまえすぎることだが、東京は昼夜を問わず誰もが安心して街を歩くことができる、とアピールした。公共交通機関の充実度、街の清潔さ、タクシー運転手の親切さでも第一位ということも伝えた。基本はサンクトペテルブルクでのプレゼンと同じ内容である。ただしサンクトペテルブルクのスポーツアコード（国際競技連盟）ではＩＯＣ委員の出席者は半数以下だったが、ローザンヌのプレゼンでは百人のＩＯＣ委員が全員出席を前提としている。わずかの失敗も許されない。サンクトペテルブルクとは違い、プレゼンテーションは非公開で行われた。

ローザンヌからプレゼンターに新しく滝川クリステルさんが加わった。壇上に男ばかりが並んでいても華がない。「壇上でパッと目を引く人物が必要だ」と提案した。彼女はフランス人と日本人の両親を持つハーフで西洋的なイメージが強いけれど、竹久夢二の描く「大正美人」のように、古風な雰囲気を持っている。外国人から見るとオリエンタルな感じがするので、〝おもてなし〟を表現するのにピッタリだった。

ＩＯＣの公用語はフランス語と英語で、フランス語がいちばんわかりやすいという委員もたくさんいる。だから、ニュースキャスターの経験もある滝川クリステルさんのフランス語によるプレゼンテーションが武器になる。

日本が最も苦手とされるＩＯＣ委員への訴えかけも進んだ。僕自身でいえば、オリンピック・パラリンピック招致をアピールする海外出張ではランニングを欠かさず、サンクトペテルブルクではバルト海のほとりを、ローザンヌではレマン湖畔を走った。開催都市の首長がどれほどスポーツに熱心かをアピールして、プレゼンの夜の晩餐会や翌日の昼食会の話題にする目的があった。水野正人招致委員会専務理事と二人でタッグを組み、水面下のロビー活動も怠りなくつづけた。

だが、スペインはここで勝負をかけてきた。プレゼンテーションに、フェリペ皇太子が登場したのだ。これで流れが一気にマドリードに傾いた。イスタンブールではオリンピック会場をめぐり反政府デモの騒ぎがあり、警戒すべきライバルはマドリードと思われた。フェリペ皇太子は身長が二メートル近くもあり、バルセロナ五輪にヨットの選手として出場し、開会式で旗手を務めた経験もあるスポーツマンである。その彼が、マドリード開催への情熱を語った。パーティ会場では彼の周りに人だかりができている。IOC委員の心をつかんでいる。

スペイン全土を覆う経済危機の影響で、失業率は二五パーセント以上で高止まりし、マドリードも財政面の問題が指摘されていた。そうした不安を払拭するために、スペインは切り札を早めに切った。レース終盤で一気にスパートをかけてきたのである。最終決戦のブエノスアイレスのグラウンド勝負に向け、後出しの切り札を用意する決意を密かに固めた。

娘からメールがきた。

「血圧は高めだが穏やか。医師曰く、見た目は安定しているがヤマを越えたかどうかは、ご主人が戻られてMRIを撮ってから客観的に評価します、と。戻って来るまでもっといいね。太田さんとクリステルさんとパパのスリーショットの写真がよかったよ」

七月四日木曜日の昼食会で全日程を終了した。東京から、恐れていた訃報は届かなかった。帰国する間際、太田選手と滝川クリステルさんに、ゆり子が危篤であるという事実を初めて打ち明けた。太田選手は号泣した。クリステルも細い腕を寄せ涙を流してくれた。

フランクフルト空港で乗り換えの間にも携帯のメールを覗いた。

「看護師さんが、夜のニュースの時間にＩＣＵにテレビを持ち込み、ローザンヌのプレゼンテーションのニュースを見せてくれたそう。直後に、ママの血圧が上がり、看護師さんが喜んだそうです」

成田空港で帰国会見をしてから病院に直行した。ゆり子は待ってくれていた。

七月六日土曜日、執刀医に最新のＣＴ画像で説明を受けた。

「こちらが手術前のＣＴ、こちらが昨日撮ったＣＴです。新しい画像では、白い部分と黒い部分の境目がわかりにくくなっています。皮髄境界不明瞭化という現象で、脳が大きく損傷しているため、血圧の変動や体温の調節など維持システムがうまくはたらかない状態を意味します。脳が脳の形態を維持できていない状態、いわば脳の機能停止状態、一週間を上限とみてください」

検査入院をしたのは五月二十六日日曜日だった。あまりの急展開に心が追いつかない。すでにローザンヌ出発前に覚悟はできていたが、あらためての宣告である。

ツイッターにこう記したが、メディアは気づいていない。

「いったん寝床に就いたが、眠れない。僕を襲っているのは喪われゆく人への思い出の大津波である。冷酒に肴が間に合っていないせいではない」

保育園の連絡ノート

私鉄沿線のアパート暮らしを四年、団地に引っ越して二人の子宝に恵まれたが、三十歳を目前にして僕はまだ作家として作品を書かず、生活のための雑文書きに追われていた。ゆり子は娘を公立の保育園に、息子を無認可保育園に、二カ所の保育園を回り、小学校では担任教師を、と忙しい。僕も、仕事の量が増えていた。帰宅も遅くなっている。都心に仕事場をつくろう、と考えたが二重生活で出費が嵩む。どうしたらよいのか。

「土曜日の夕方、パパが原稿用紙が足りなくなりそうだから、と娘を連れて文房具屋さんに行ったところもう閉まっていたとがっかりして帰ってきました。ドアを開けるなり娘があわてて飛び込んでいって、パパ、大丈夫、私のノートあげるからね、と急いでノートを破ってあげたのです。パパは苦笑い」

「園の帰り、お夕食の支度がおっくうで、道々、パパの帰りが遅いからレストランで食べよう、と娘。だめだめ早く帰ってきたら困るから、やっぱりつくろう。毎日、こんな会話を交わしています」

僕はこのままベッドタウンと呼ばれる団地で生活をしていたら、時代の変化に取り残されるのではないか、と不安感が嵩じていた。編集者と打ち合わせて一杯呑んで話が弾んでも、郊外へ向かう電車の終電は早いので帰らなければならない。

行き詰まり感もあった。雑文書きばかりでは、これが自分の作品だ、といえるものは生まれない。そうかといって新人賞に応募する気持ちにもなれない。そこそこの作品は掃いて捨てるほど載っている。新製品開発と同じで、これまでにない新しさ、視点が段違いにおもしろい、そういうものは中途半端ではできない。

ある有名作家がこんな述懐をしていた。大学を卒業する直前、出版社に自分の書いた小説を送り編集長に面会を求めたら会ってくれた。

「どうですか」

「うん。なかなかいいよ」

「そうですか。いいですか」

有頂天になりかけた。編集長は頷きながら言った。

「いいけれど、十年後にまた来なさい」

いいよ、載せてあげるよ、と言われたら一作、二作は書けたかもしれないが、それでおしまいだった。十年後を信じてひと回り道草をしてきたからプロの作家になれた、のである。

僕は毎月、雑文を書いた。そのころは総合雑誌がたくさんあった。小さな出版社でも『現代の眼』『流動』『自由』『創』などの総合雑誌を出していた。有名な大手出版社ではないので敷居が低く、無名の僕でも入り込みやすかった。原稿の仕上がりがそこそこであれば、次回もまたお願いします、と言ってくれる。原稿を書くには、資料を集めたり、人に会ったりしなければいけない。人に会えば、喫茶店に入る。あるいは居酒屋でじっくり耳を傾ける。

僕にはそれがよい勉強になった。企業の営業部に入れば、否が応でも相手としゃべらなければならないが、それでも業種は限られている。僕の取材相手は、あらゆる業態、社長から平社員まで、宗教人から政治家まで、高齢者から学生まで、世間と呼ばれるすべてがルポルタージュの対象であった。

原稿料は基本的には四百字詰め原稿用紙換算である。手書きの時代である。「二十枚ぐらいの見当で」とか「三十枚ぐらいあってもよいね」などと、テーマによって編集者が分量を決めた。一枚につき二千円だった。三十枚なら六万円ということになる。取材費は使い切りで一万円とか二万円であった。取材費は、足が出ないよう注意して使えばよい。

そのうちに潮出版社の『潮』や、講談社の『月刊現代』からも注文がきた。原稿料は二倍の四千円だった。取材費は、かかった費用をすべて、支払ってくれる。とはいえ法外な金額をかけるわけではないが、相手しだいでは格の高いレストランで食事をしながら取材ができた。

文学史に江戸時代から明治時代になったところで、坪内逍遥の『小説神髄』が必ず登場する。江戸時代の勧善懲悪の物語に対して「小説の主脳は人情なり、世態風俗これに次ぐ」と、まあ現在ではあたりまえのことだが、そう主張した。

自分の思想信条だけを中心にしていると触れる世間が狭くなり、人情と世態風俗の拡がりがつかめない。その点では、編集者が思いついたテーマの注文をこなして、雑文を書いたりルポルタージュの取材をしたりすることで見える世界が拡げられた。そして大宅壮一という人物がいたことに気づいた。一九七〇年（昭和四十五年）、三島由紀夫と同じ時期に七十歳で亡くなっている。遺産が大宅壮一文庫だった。

そのころの大宅文庫は、閲覧者が一日に十人いたかどうか。その程度にしか世間には知られていない。京王線で世田谷の八幡山駅を降りて、戦前から精神病院として有名な松沢病院の塀に沿って長い距離を歩いた。ときには横浜方面の自宅からクルマを走らせ、環八から清掃工場の煙突を目印に路地に入った。数台分の駐車場があったが、停まっているクルマはほとんどない。秘密の資料室を知っている、という軽い優越感さえ覚えたものだ。

事務局員が四、五人いた。毎日こつこつと一枚ごとに手書きでカードを作成していた。僕は大宅文庫の雑誌記事検索システムに、圧倒された。ふつうの図書館の分類とはまったく異なることに、素直に驚き感動した。

人名索引がある。調べたい人物がいたら、あいうえお順に並んだカードをめくれば、その人物に関する週刊誌の記事も、月刊誌の対談も、戦前の雑誌に載った人物評も、どんな些細なことでも見つけることができる。記事の見出しや執筆者も、カードに記入されている。件名索引がある。それも政治とか経済とか歴史という項目とは限らず、「世相」とか「奇人変人」とか「おんな」とか「サラリーマン」とか「犯罪・事件」などが、大項目に分類されている。さらにそのなかに「世相」なら、「衣料各種」とか「美容」とか「食一般」などの中項目がいくつもあり、その中項目のなかで「美容」なら、「かつら」「アンダーヘア」「整形美容」「有名人の美容法」「痩身美容」と数えきれないほどの俗世間すべてに通じる小項目が並べ立てられている。

いまでこそインターネットのグーグルやヤフーがあたりまえになっているが、大宅壮一が私費を投じ、このシステムを考案して体系化したのはじつに半世紀も前の一九六〇年

（昭和三十五年）ごろだった。ソニーやパナソニックが、ハリウッドの映画会社を買収しようと考えたのは、あくまでもテレビの機械メーカーの延長線上での思考だったと思う。もし、そのとき大宅文庫を買収していたら、日本でグーグルやヤフー、いやそれに代わるなにものかが誕生していたかもしれない。

日本のサラリーマンに、いや大学教授にも、雑誌は読み捨てられるものとしての扱いを受けていた。図書館とは、主に単行本を収蔵するところであり、しかも権威のある雑誌のみが保存資料と考えられていた。雑誌は従にすぎない。新聞の縮刷版の情報が一流で、雑誌そのものは消えては浮かび、浮かんでは消えるというはかないものであり、そこに書かれた短い記事や通俗小説には資料的価値はないと思われていた。世界をとらえる方法は、そういう表側に整理されたものではない、大宅壮一はそんな確信を持っていたのである。

ついに都心にワンルームマンションを借りた。ユニットバスのあるビジネスホテルと同じぐらい狭い。終電を気にすることもなく、仕事に打ち込める。しかし、それならなんでわざわざ郊外の団地へ引っ越したのかということにもなる。保育園の送迎はすべてゆり子一人でやらなければならないし、仕事場暮らしで新しく家賃が五万円増えるぶん余計に稼がなければいけない。ゆり子はそれでもいい、と言ってくれた。

保育園の「連絡ノート」に、たまに園に迎えにくる夫は風来坊のように見えるが、もの書きである、と少し誇らしげに書いている。

「月刊現代に一カ月おきに書いています。十月号に書いたので今度は十二月号です。十一月には「現代の眼」に載ります。十一月から「週刊文春」で、以前に〝火曜日の放火魔〟事件がありましたが、それを小説風に書くらしいです。本人もかなり力を入れてますので期待してください。へ、へ、ちょっと宣伝しちゃった。生活があるので、ただ書きまくっている状態で、なかなかよい仕事が残せないようです。もし機会がありましたらお読みください」

月曜日から金曜日までは都心の仕事場で、土曜日と日曜日は団地で、という生活がはじまった。平日は不在なのでゆり子の子育ての負担は増したが、土曜も日曜ものべつまくなし机の前に坐って不機嫌でいるよりは、週末には箱根へドライブに出かけたり、メリハリがついてかえってよい面もあった。娘も生まれたばかりの弟のめんどうをみたりする。

「娘はお姉さんぶって、赤ちゃんの息子が泣くと、ガラガラやオルゴールをもってきてご機嫌をとってくれていたのですが、最近は冷静になってきて知らん顔。今日なんかギャアギャア泣いている弟の顔を大きな虫眼鏡で観察しているんです。とても真剣な顔なので思わずふきだしてしまいました」

「娘のお手伝いは、(二階から)一階の郵便受けに朝刊を取りに行くことと牛乳を取りに行くことです。郵便受けは、ちょっと背丈より上のほうにあるのでパパがヒモをつけて娘が届くように工夫してくれて最近、目が覚めると黙っていてもやってくれます。今日はおヘソを曲げてやってくれません。おだてないとダメかな」

保育士さんから。

「今日はパパいないの。というので、じゃあさびしいの？　ううん、だってママのほうが好きなの。そんなこといったらパパかわいそう。へいき、ママはパパが好きなの。またまたあてられました」

このころは二重生活もあっていつも慢性的な金欠病だった。帰宅すると「おカネのことは心配しないでね」とゆり子のメモがダイニングのテーブルの上に置いてあったりするのは、そういう話題が多かったからだ。でも仕事もなく前途が見えなかったアパート時代とは違い、生活の基本だけは軌道に乗りはじめていた。

カリスマ美人教師

　ゆり子は学校の先生としては早いもので十年選手のプロフェッショナルになり、二人の子どもを保育園に預けながら、溌剌《はつらつ》とはたらいていた。保護者からは「カリスマ美人教師」などという異名がつけられたらしい。

　ゆり子が子どもの作文を見せてくれた。

「えんそくのときぼくが、しょくいん室でいちばん美人な先生だあれって、きいたら、もちろんわたしでしょ、と先生がいった。先生はべんとうを食べながらニコニコしていた。先生はおしゃれだし、いつもバリバリしているのでやっぱり美人かな」

　僕が仕事場から夜遅く帰ると、嬉しそうにそう自慢するので、おしゃれでバリバリには大賛成だよ、と言った。ゆり子は自分を、いわゆる世間的な意味での美人とは思っていなかったが、トータルコーディネイトでの個性的な発信力を信じていた。

「おしゃれは大事だ。先生をかっこいいと憧れてもらうと子どもはやる気を起こすからね」

僕は休日に、しばしばゆり子を連れ出してウィンドウショッピングを楽しんだ。気に入ったものがあれば即座に買った。いつも試着室から現れるゆり子の姿を楽しみにしていた。僕が強引すぎることもあって、三宅一生の店で気に入ったデザインの服を無理矢理に買ったら帰路、ずっと不機嫌だった。

「こんなパンタロン、どうやって学校へ着て行けっていうのよ」

考えてみたらその通りだった。

新学期の都度、新しい生徒たち、そして保護者らのこころをつかまなければいけない。子どもの人数の調整で一年生から二年生になるときにもクラス替えがあったりする。だから毎週、学級通信を出した。

「またまた新しい子どもたちとの出会い。この出会いがお互いの人生にどんな影響を与え合っていくのか、こわくもあり、たのしみでもあります。じょう談を言って笑わせたり、時には大声でしかったり、頭をなでたり……。そのたびに敏感な反応を示す子どもたち、まだまだこころは揺れ動いているようです。あまり早くちんまりと適応してくれないほうが子どもらしい」

二年生の目標は「ともだちをたくさんつくろう」「チャイムがなったりしたらせきにつ

こう」「しゅう会のときはやくきちんとならぼう」である。

「クラスがかわったのに、まだ一年生のときの友だちとしかあそべない子、いつもいえのなかで本をよんだりねん土をしたり、きょうだいとあそんだり、これじゃあ、つまらないですね。子どもと子どもらしくそとでおもいっきりあそぼう。一学期中に二十人は友だちのいえをおぼえよう」

誰でも三十歳ぐらいになると仕事のおもしろさがわかってくる。同時に生活の重みも背負う。僕は夜更かし、ゆり子は早寝早起き、とライフスタイルは真逆だった。僕は遅い帰宅なのでメモを置いて寝た。

「背広どうして着ていかなかったの。せっかくボタンを直したのに。上着のほうはわたしの部屋に吊るしてありますよ」

妻として夫のために、そして早朝に母として子どもに食事をつくり、出かける十分前にタバコを一本だけ吸い、仕事の顔に切り換え、瞑想する。子どもが話しかけても「静かに」と厳しい顔で言った。一日の学級経営の組み立てをイメージするのだ。

僕は知らない人に会う、ということは苦手だった。ところが取材とは知らない人に会うことからはじまるのである。学校で学ぶこと、書物から得られる知識があっても、二十代の初めは実体験が乏しい。つまらぬ常識だけを身につけて想像力を欠如させていくことが社会人になることではない。むしろ人に会うことで、先入観がつぎつぎと裏切られていくスリルを味わうようになった。スポーツにプロフェッショナルがいるように、世の中を回しているさまざまなプロフェッショナルな存在に気づきはじめると、人に会うことが楽しくなってきた。

資生堂の調香師が、隣に坐った人から死臭を嗅ぎとったと記したが、ひとつの仕事をつづけることは、いわば毎日筋力トレーニングをつづけるに等しい。なぜその仕事をしているのか、苦しいけれどもつづけるのは奥深いところで発見があるからだろう。プロフェッショナリズムとはまさに就社でなく就職なのである。ゆり子も教師の仕事に醍醐味を感じるようになっていたので、「日々、発見だね」と語り合った。

ある日、東京駅前の旧国鉄本社で新幹線の制御システムについての説明を受けてから、廊下を歩いていると、ドアが開いている部屋があり、部屋のなかの四角い顔にメガネの初老の人物とたまたま眼と眼が合ったので声をかけてみた。相手は僕が何者かを問うことなく、自分の仕事について語りはじめた。

大工の棟梁のような感じである。通称、スジ屋と呼ばれる鉄道の運行ダイヤづくりの職人、世間的な出世とは縁遠いが特異なソフトウェアの技能集団があることを知った。

「わしらは、枝葉ですね、細かい微妙な毛細血管のところをつくっていくから、あちこちで線が入り乱れてショートするわけです。つまり、スジ屋同士が衝突するというのは、そのあたりなんです。要らないスジは〝殺せ〟と言うね。〝穴掘る〟というのもある。たとえば、駅構内の作業ダイヤなんかも列車運行の合間に組まなければならないので、何番線には何時から何時までどういう列車が入っているのかを書いとくわけですよ。そういう列車を入れるために、穴を掘れ、と言うんです」

日本は鉄道技術の先進国として知られている。時速二五〇キロメートルを超える新幹線が数分間隔で発車しているだけでなく、在来線の通勤電車はさらに細かく秒単位までスキ間なくダイヤが決められている。外国でも一応は時刻表があるがきちんとしたダイヤにもとづいていないため、遅れや運休は日常茶飯事である。

駅ごとの停車時間、駅間の距離と勾配を計算に入れた時速と所要時間、機関区や車両基地への出入り、連結と通過。さらに旅客、貨物、回送、急行（快速）、普通、不定期、臨時の区別、これらの要素が、たった一本のレールではなく、もつれた糸のように錯綜した複数の路線の上に積まれている。それを整理してグラフ化したものが列車ダイヤで、蜘蛛の糸のように十秒、十五秒単位で図面に描かれる。一般になじみの時刻表はこのグラフをもとにつくられている。明治のはじめ、日本に鉄道技術を教えたイギリス人は、最初、ダイヤの組み方のノウハウだけは絶対に教えなかった。しかし、日本人独自の手で列車ダイヤを作成できるようになり、ノウハウは磨きがかけられ、世界一の水準に達していたのである。

ローザンヌのプレゼンテーションでも「すべてのアスリートとオリンピックファミリーは、つねに時間通り目的地へ到着できます（Every athlete and member of the Games Family will arrive on time...every time.）」と自信をもって主張できたのは、こうしたプロフェッショナルな人びとの存在が根拠としてあったからだった。

『日本凡人伝』というインタビューシリーズで、消防士や地下鉄車掌やマンション販売人や捕鯨船の砲手や出版社のトラブル処理係など、数えきれないさまざまな現場のプロフェッショナルな仕事の内幕と苦労と努力について知った。日本にはキリスト教やイスラム教のような厳しい戒律はないけれど、仕事の哲学をきわめるかたちで戒律がつくられているのだ。その共通の根っこに、僕らが気軽に使う〝日本〟という言葉（概念）があるのだろう。それを、これです、と実証的に説明するために、のちに『ミカドの肖像』を書くことになるのだが、まだ三十歳になったばかりの僕はそのかたちを表現する方法を模索中だった。

夏目漱石の『こころ』は名作と呼ばれているのだが、なぜかもどかしい感じがしていたので、読み直して違和感の原因がわかった。主人公に職業がないからだ。

「私」は偶然、鎌倉の海岸で「先生」と出会った。なんとなく惹かれお付き合いをさせてもらうようになる。「先生」には謎めいたところがあってしばしば自宅を訪ねた。ところが「私」の父親が病気になり帰郷している間に「先生」は自殺してしまう。小説の後半は「先生の遺書」で、自殺の謎が解き明かされていくという設定である。「先生」は地方の財産家の一人息子で二十歳前に両親が病死、遺産を叔父に誤魔化され、人間に対する深い猜《さい》疑《ぎ》心《しん》を抱くようになった。高等学校に通うため上京して下宿した。素人下宿に未亡人とお嬢さんがいた。「先生」にはＫという友人がいた。経済的に困窮していたＫを親切心からか自分の下宿に半ば強引に連れてくる。ところがＫから、「お嬢さんのことが好きだ」と告白されてしまい、「自分こそ前からお嬢さんが好きだ」と言い返せず、Ｋを出し抜き未亡人に「お嬢さんを下さい」と申し出る。直後にＫは自殺。「先生」はお嬢さんと結婚したあとも罪悪感を抱きつづける。遺書には、妻に何も知らせたくない、と書きながらＫとの経緯が綿々とつづられている。

「君は今、君の親戚なぞの中に、これといって、悪い人間はいないようだと云いましたね。然し悪い人間という一種の人間が世の中にあると君は思っているんですか。そんな鋳型に入れたような悪人は世の中にある筈がありませんよ。平生はみんな善人なんです。少なくともみんな普通の人間なんです。それが、いざという間際に、急に悪人に変わるんだから恐ろしいのです。だから油断が出来ないんですよ」と「先生」が「私」に解説した。

でも、と僕は疑問を感じた。「悪人」の叔父さんに遺産を奪われたとしても、一部は手にしたので不労所得で暮らしているのだ。嘘や裏切りや親切は、仕事をしていれば避けて通れないはずで、いちいち「恐ろしい」「油断出来ない」と考えないのがふつうだろう。主人公の「私」と「先生」のどちらも仕事をしていないのである。職業がないのに暮らしている。「私」は学生だから仕送りがあるのは理解できるが、就職試験を受けようとはしない。「先生」は毎日ぶらぶらしている。

『こころ』は名作かもしれないが、生活がない、仕事がない、そのなかで内面の優位を語られても受け継ぎようがないのである。坪内逍遥が勧善懲悪の物語でなく「小説の主脳は人情なり」と書いたテーゼは『こころ』で達成されていたが、生活と仕事が抜け落ちている。

ただよく読んでみるとKに対する裏切りが自殺の原因であるかのように見えるが、もうひとつ陰に隠された主題が見えた。明治天皇が崩御された折に乃木大将が殉死したことが自殺のきっかけに加えられている。

「夏の暑い盛りに明治天皇が崩御になりました。その時私は明治の精神が天皇に始まって天皇に終ったような気がしました。最も強く明治の影響を受けた私どもが、その後に生き残っているのは必竟《ひっきょう》時勢遅れだという感じが烈しく私の胸を打ちました」

生活と仕事が抜け落ちていると疑問をもって読み直したからこそ、内面のドラマのようでありながら「天皇に始まって天皇に終った」という「先生」の言葉は、僕には新たな発見であった。文豪漱石自身の感慨はそこにあったのだと。

月刊誌の雑文書きでどうにか糊口はしのげる状況にはなっていたが、そろそろ自分が描くべきテーマを決める時期がきている。そう思ったのが三十歳のときである。注文原稿をこなす生き方をやめ、書き下ろしの単行本執筆にとりかかることにした。

作家として本を書く

東山魁夷《ひがしやまかいい》の『京洛《けいらく》四季』のなかの一枚に「曙」という山と木を描いただけの絵がある。無数の同じ形状の木が、順番に植えていくように絵筆で丁寧に描かれている。緑色の木々が幾重にも密生して、こんもりとしたひとつの山になる。近くでは緑だが遠くから眺めると山は霞がかった青にみえる。空気が光線を遮断し、全体を白く青く霞ませるからである。青という語の原義は、顕に対する漠からきているという説はわかりやすい。

「曙」には、緑と青が共存している。青と緑の差が距離の問題なら、緑のまさった青か、青のまさった緑かのどちらかになってしまうのだが、その絵は距離を消去している。

京都・洛北、高野川が流れる谷あいの集落から目前に見上げる比叡《ひえい》に連なる山々をみていて、私は東山魁夷の色調の謎がようやく了解できた。その谷あいの集落は、比叡山の陰にある。微弱な光線が色彩を衰えさせ、緑と青の境界を混沌とさせていたのだった。山の向こう側にある琵琶湖はきっと無数の光線が乱舞しているにちがいない、そういう羨望をようやく抑えて私は比叡山を見上げていたのである。

集落の名は八瀬《やせ》という。淋しい所である。

僕が最初に出版した『天皇の影法師』(現、中公文庫)の一節である。天皇とは、日本とは、と型通りに迫っても堂々巡りになってしまう。そうではなく、プロフェッショナルな一面から入ってみよう、そう思って京都の旧八瀬村へ行った。天皇崩御の際に、その柩をかつぐ仕事を六百年間、営々とつづけてきた八瀬童子と呼ばれる人びとが住んでいる。新しい方法論で描いてみたい、純文学も批評もミステリもノンフィクションも学術論文も兼ね備えた「新製品」にしたい、と意気込んだ。八瀬童子は伝統的には存在しているはずだが、いまもほんとうに存在していて、どういう生活をしているのか、謎であった。

幾ら意気込みがよくても、仕事が完成するまでに二、三年かかるだろう。その間の資金繰りをどうするか、見当がつかない。僕がいつまでも日々の雑文書きをつづけていたのはそれが中断したら生活ができないからだ。

単行本の書き下ろしはおカネがないとできない。書店に並ぶ段になってから、初めて著者印税と呼ばれる収入が発生するのだ。こういう作品を書きます、と言っても、雑誌の仕事のように、では取材費を前払いします、とはならない。一冊の本の書き下ろしの場合、作品が完成してから編集者が、うん、なかなかよいね、では出版しましょう、となってはじめて納品となり、市場へ出るのである。実績のない新人の著者に対して、編集者が疑いをもつのは当然である。

ただ編集者もつねによい新人の書き手がいないか、眼を光らせて雑誌のページをめくっている。本を書いてみませんか、としばしば声はかかってはいた。だが自分のなかで明確なイメージが生まれていない、確信がもてない、と断っていた。日々の稼ぎの仕事を中断しなければならない、その覚悟はなかなかできるものではない。

共働きであっても、別々の保育園に高額の保育料を払い二人の子どもを預け、さらに都心に仕事場があるような二重生活は、若い夫婦にとってそもそもが持ち出しのような形で重荷であったところに新たな投資をするようなもので無理があった。

幾つかの大手出版社から声がかかった。朝日新聞社出版局（現、朝日新聞出版）のKさんと話し合っていたら、橋川文三先生の話題になり、視点が僕と重なり、テーマも絞られてきて気分が高揚してきた。日々の注文原稿とは違う、やりたいものをやる、と決意ができた。Kさんは積極的だった。

「それならいっしょに京都へ行ってみましょう」

帰宅してゆり子に、やっぱり本を出すことにしたよ、と伝えた。

「そう、その人、熱心なのね」

「ただね、それに集中すると稼ぎが激減してしまうんだ」

「なんとかなるわよ」

たまたま耳にしたことをゆり子に伝えた。

「国民金融公庫（現、日本政策金融公庫）というものがあるようだ」

「ふつうの銀行とは違うのね」

「銀行は担保がいるし、僕のような無名のもの書きに貸してくれるわけがないけれど、国民公庫は、自営業が対象で無担保融資も可能らしい。それにさ、単行本が売れたら元がとれるわけだしね」

「せっかくのチャンスだから、そのなんとか公庫というところへ行ってみたら。行ってみなければどんなところかわからないもの」

国民公庫の新宿支店へ行ってみた。僕は国民だ、文句あるか、と徒手空拳ながら意気込んで出かけた。窓口には数人が順番を待っていた。小さな商店とか喫茶店など、さまざまな自営業者がいる。自分の番になった。日本的な慣行で出版契約書は原稿が完成してからなので、客観的な物証がない。作家という事業の将来性について説明しなければならなかった。ベストセラーになればすぐに返済できます、心配は要りませんと言われても、たしかに困るだろう。窓口の青年は、この人、なにを言っているのだろう、と首を傾げた。

誠実そうな青年は困惑しながらも、こちらの熱意に対して何とか理解しようと努めているふうであった。だが彼のデータには僕のようなタイプはインプットされていない。だが嘘をつく悪い人間ではない、とは思ったようだ。

説明をはじめてから一時間ほど経った。そういえば……、と窓口の青年は言った。以前にも同じような人が来ました、とほっとした表情に変わった。若い映画監督を挙げた。僕はその映画監督の名前を知っていたが、青年はよく知らぬようであった。映画監督の将来性よりも月々の返済をきちんとしているかどうかが問題なのである。ちょっとお待ちください、席を立ち書類をかき回してから戻った。嬉しそうに言った。

「滞りなく返済中です」

「そうでしょ。そうなんです。大丈夫ですよ」

「しかし、保証人が一名、必要となります」

「妻は手堅い仕事をしております。公立学校の先生です」

こうして融資話は終幕でとんとんと成立した。百万円は当時の大卒新入社員の年収を上回る大金であった。

編集者のKさんと京都へ行き、八瀬童子と呼ばれる人びとからヒアリングをした。それは、時間という幾重にも重ねられた幕のような介在物を取り除いて、別の宇宙「中世」に潜入するスリリングな体験だった。木陰の道を通りかかって、たまたま声をかけた八十代のお年寄りは大正天皇の柩を担いだという。さらに年配の九十代のお年寄りのところに案内され、大正天皇だけでなく明治天皇の柩を担いだという。この国の文化の芯に触れた思いであった。

幾度も通わなければならない。一回目の交通費と宿賃は会社でもってくれたが、あとは自己資金で行くのである。学生時代の友人が京都に住んでいて「幾日でも泊まっていいよ。再会が楽しみ」と連絡を寄越した。どうせ、おカネを使うなら家族旅行にしよう、とゆり子に提案した。

「春休みなら、桜も咲いているし。学校も保育園も休みだからちょうどよい。娘も小学校入学だし、古いお寺を見ればよい刺激になるぞ」

最初の日は「九時半の新幹線で京都へ。パパは取材のため京都駅で別れて、わたしは子どもたちと植物園や東本願寺で遊んでから、お友だちの家へ」だったが、取材をしない日には家族四人でいっしょに清水寺に行ったり、嵐山へ行ったり、修学旅行以来の観光名所巡りを楽しんだ。静かな旧八瀬村は、だからいっそう印象が深まったのである。

取材はうまく回転していた。歴史的な資料も入手した。だが没頭すると資金繰りが厳しくなりはじめた。

雑誌の取材中に興味深い年配の人物に出会ったことを思い出していた。取材のテーマから話題が離れたときの雑談がインスピレーションを刺激する場合がある。その人物は昭和十六年（一九四一年）に日本が太平洋戦争に突入する時期、二十六歳の青年将校で陸軍省燃料課に勤務していた。自分が現場で作成した燃料需給見通しが、するすると上層部に回り、日米開戦を決める会議の重要資料となってしまった、後悔しているというのである。

霞が関の役所でも、大きな企業でも、元になるデータは若い職員が作成を担当させられる。それが加工されたり、修正されたり、変更されたりしながら成案になっていく。

書き下ろしとは別に、原稿料をもらいながらもうひとつ単行本を書く方法もあるな、と考えた。『家庭画報』を発行している世界文化社が、その男性版をつくる、原稿料が通常の雑誌の二倍ぐらい高いとの噂が聞こえてきた。

結局、新雑誌に連載させてもらえることになった。タイトルは『昭和16年夏の敗戦』（現、中公文庫）にした。昭和二十年（一九四五年）ではなく、日米開戦の前にすでに敗戦が予測されていたからである。

月の半分の十五日を無給の『天皇の影法師』にあて、残りの十五日で『昭和16年夏の敗戦』の連載をこなしてその原稿料で生活の見通しができた。窮すれば通ず、である。

ゆり子は保育士さんにこんなふうに伝えていた。

「主人は月の半分が仕事場で今日からまた一週間、京都方面へ出かけます。久しぶりに家にいても寝ているか、自分の部屋で仕事。そしてわたしは、おーい、あれもってきて。おーい、あれないぞの声に、ハイハイと、こまねずみのように走り回っているのでアリマス」

「パパはいばっている」

娘が小学校に入ると、放課後は学童クラブへ通うようになった。夏休みの始まりの時期、学童クラブではキャンプの行事がある。二泊だが、息子がまだ小さいので一泊で帰ってくるから、きちんとめんどうをみてよ、とゆり子はメモを置いて出かけた。

「二時間おきに、おしっこ、と声をかけてみてね。オムツは黄色のカゴのなかに。足りなくなったらベビー簞笥のいちばん上に。夕食は外食で。カツ重はよく食べます。お風呂はお尻ぐらいでいい。パジャマは黄色のずぼんとTシャツ、おむつを二枚にして。

朝、起きたらおしっこをさせる。七時半にテレビのアニメの時間、朝食はホットケーキでもよい。お昼はいつもの近くのレストラン、ティッシュを忘れないように。お昼寝をさせて。牛乳を飲ませると寝ます。油断しないでオムツさせて。チュウチュウーのアイスクリームは冷蔵庫にたくさんあります。健康保険証の番号は書いておきます」

単行本の書き下ろしが佳境に入ったころである。

団地の小学校の体育館で空手道場がはじまった。週二日、水曜日と日曜日、夕方六時から八時まで空手のお師匠の先生が二人、ボランティアで指導している。二人はふだんバスの運転手をしている。そのお師匠さんよりも年配の偉い名人がしばしば本部からお見えになった。空手の基本は蹴りと突きである。それを名人がやると、脚や腕の動きに寸分のスキもない。無駄がないから、力が一点に集まる。蹴りや突きを組み合わせた形の演武は、一篇の物語のように美しい。

小学生や中学生は身体が柔らかく先入観がないから、基本を繰り返しているうちになめらかな動きが自然に身についていく。

僕は三島由紀夫の『奔馬　豊饒の海（二）』の主人公飯沼勲の描写を思い浮かべた。剣道の試合に臨む飯沼少年の「構えの正しさ」はこう描かれている。

「どんな激動の刹那《せつな》々にも、彼の形は紺色の型紙を空間に貼《は》りつけたように乱れがなかった。体が決して空気の泥にのめりこんで、均衡を失うようなことはなかった。そこで彼の周囲の空気だけは、熱い粘ついた泥ではなく、澄んだ自在な水のように見えるのであった」

武道とは徹底して無駄をそぎ落として、刃のような鋭さを磨くもの、そうか、と空手の練習風景を見ていて気づいた。

娘の付き添いでたまに迎えに行きがてら見学していたら、お父さんもどうですか、と師匠から言われた。仕事場暮らしで、週末に帰宅するしか時間に余裕がない僕は、その場は曖昧に微笑んで、娘をよろしくお願いしますと頭を下げただけである。

娘はどうやら素質があるらしく、全国大会で形の演武で入賞したりして、三年ほど通って黒帯をとった。単行本の書き下ろしも終えた時点で、僕は入門させていただいた。アパート暮らし、団地生活、雑文書き、と身体的にはきわめて不健康な生活がつづいたせいで、蹴ろうとしても脚は膝までしか上がらないし、突いてもよろよろと斜めに曲がった。

ゆり子は元気な小学生相手に動き回り、夏は水着を着てプールの指導、肌はくっきりとしたコーヒー色に焼けていた。秋の運動会では演《だ》し物を工夫して子どもに佐渡おけさを教えるなど行事も先頭になってやり、スリムで筋肉質な体型を維持していた。考えてみれば、机に向かいうんうんと唸っている作家業はなんと不健康な職業であろうか。

空手をはじめたが、仕事場暮らしのため週に一回やれるかどうかであった。白帯で入門し、紫帯、緑帯、茶帯、そして合格すればようやく黒帯を締めることができる。週一回なので帯の色をひとつひとつクリアして変えていくだけで五年はかかる計算で臨んだ。緑帯までできたところで息子が作文を書いた。

うちのパパは、いばっている。ママがいるから、くらしていけるのに、いつもママに、

「ママは、しあわせだなぁ、こんないいおっとをもって」

と、じしんにあふれた顔で言う。

自分が作家だからっていばるのはよくない。でも、ぼくたちは、はんげきする。ママは

「パパは、しあわせだなぁ、こんなにいいつまをもって」

と言ってパパのたいどをへこませる。ついでにぼくたちも横で

「そーよ、そーよ」

とがっしょうする。するとパパは、ワッハッハと大わらいする。

パパは、空手の時もいばっている。一年前からはじめた空手で、みどりおびをとったからって

「みどりおびは、暗いところでは、黒おびに見えるんだぞ」

なんて言っている。くらやみでパパにからもうとしたヤクザが、パパのおびをみてにげていくだろう。

パパは出かける時、

「おーい、みんな来い」

と、大ごえで家ぞくをよんでげんかんにせいれつさせる。

口うるさいパパがでかけていくと、みんな、ホッとしてあんしんする。しかしまた一週間すると、パパのあらしが、帰ってくるのだった。


「作家の家族はたいへんよね。よくわかるわ」

ゆり子はよく阿川佐和子さんのエッセイを読みながらくすくすと笑っていた。

『山本五十六』『井上成美』などの著書で知られる作家の阿川弘之さんは、まだ阿川佐和子さんが、四、五歳のとき、こんな調子で話したのだが。

「あのね、今日ね、幼稚園でね、ちぐさちゃんがね、先生のお茶の時間にね、ビスケットを配ったときにね、いつこちゃんもいたんだけどね……」

すると父上の逆鱗にふれた。

「いったいお前は何を言いたいんだ。結論から言え、結論を」

阿川弘之さんに対してまだ一人前の作家ではなかった自分を重ねるのは失礼かもしれな

いが、僕もたしかに幼い娘にとっては厳しい父親で「何を言いたいんだ、結論から言え」とまったく同じ台詞で叱ったことが一再ならずあったのだ。僕は若くて余裕がなかった。自分がこれから先、どうなるのかわからない。そんな不安がつきまとっていた。

でもそのぐらい何もかも忘れて集中しないと満足できる作品はつくれなかった。作品をつくりあげても充分でないとまたつくり直す、締切が迫ったなかで必死に打ち込む。食事をしていても、あれをこうしてこれをああして、などふっと脳裏をよぎるから、気むずかしい表情になってしまう。一種の職人根性、本人はそう思っていても周囲はさぞ迷惑だったに違いない。

そんな挙げ句にようやく初めての単行本『天皇の影法師』(現、中公文庫)が出版された。国民金融公庫に借金までして書いた真新しい一冊の単行本である。

「表紙は地味だけどね」

僕は見本を鞄から取り出すと、ちょっと謙遜して、ゆり子に見せた。

ゆり子はさするように触り、表を見て、裏を見て、ため息をついた。うれしいため息というものがあるのだ。

「これで作家ね……」

三十代半ばだった。明日、同僚に見せる、と言った。

教室で授業中に、突然、こんなエピソードを問わず語りで歌うような調子で話した。

「ねえ、みんな、作家ってどういう仕事か知っている？　わたしの主人はね、サラリーマンじゃないの。毎日、同じ会社に行ってもつまらないでしょ。会社勤めではないの。作家なのよ。だから服装もおしゃれだし、サングラスも似合うのよ」

仕事場の近くのレストランで小さな出版パーティを開いた。ゆり子は翌日の仕事のために二次会に参加できず、同じ方向へ帰る僕の高校時代の同級生といっしょに電車に乗った。吊り革につかまりながら、彼に言った。

「夜汽車にのってきて……、よかったわ」

相次いで『昭和16年夏の敗戦』『日本凡人伝』も出版された。

「週刊ポスト」から『ミカドの肖像』を連載しませんかと言われたのはその年の歳暮である。

ミカドを巡る旅

グリコのポッキーは、フランスで「ミカド」として売っている。なぜなのか、というような疑問から日本人の自画像を描いてみたいのです、と「週刊ポスト」の編集長に提案した。

「外国から見た天皇像ねえ。新しい日本人論になるとおもしろいなあ」

「じつは日本人にとっても天皇とはなにか、今度は近すぎて自家撞着《どうちゃく》になってしまい、説明しにくいのです。自分で自分について説明することがいちばんむずかしいようにね。ですから幕末・明治維新のときの欧米人のように天皇ではなくいったんミカドというカタカナに置き換えて考えてみたいのです」

そのあとに少し言いにくいことを正直に話した。

「海外取材をしなければなりません。連載をはじめる前に渡航費用などが必要となりますのでよろしくお願いします」

国民金融公庫とは違いすでに実績があるとはいえ、企画のイメージ段階で申し出るのは図々しいと思われやすい。「海外」にはまだ特別な響きがあった時代である。

「わかりました」

ゆっくりと耳をかたむけていた編集長は、秘密のテーマを分かち合う仲間のような気持ちになってくれていた。

帰宅してからゆり子に説明した。

「また自分勝手をさせてもらうよ」

「えッ、何カ月も帰って来ないの。そんな、淋しいわ」

都心で仕事をして週末に帰宅するような生活ではあっても、いつも近くにいてほんとうに離れてしまうような「海外」への別離という経験は一度もしていない。どこへ行くのもいっしょ、金魚のウンコ、などとからかわれたぐらいである。

まずロンドンへ行き、モスクワへ飛び、ミュンヘン、ウィーン、パリ、再びロンドンへという行程だった。

なぜポッキーがミカドと呼ばれるのか、その謎は十九世紀の後半、極東の島国が近代化を成し遂げようとして初めて世界史に登場する時代まで遡るのである。

原宿の地下のライブスポットでフランスのロックバンドが「ミカド」を歌っていた。ボーカルの女性の声は語り調で、ロックンロールとシャンソンをミックスしたようにエレガントだった。

ミカドゲームにごほうびはあげない
言葉のあそび　たちの悪い　いたずら
それは　危険なあそび
ミカドゲームではなにも動いてはいけない
闇に　ひかる視線を　浴びて
この一本の棒だけが滑る
今宵はゆっくり　あそんで
ふたりで語り明かしたい
負けもせず　勝ちもせず
　僕たちは恋人で……

ミカドゲームとは、焼きとりの串のような細い竹の棒をばらばらに重ね置き、順番に一本ずつ抜き取るもので、もし他の棒を動かしてしまうとファールとなり、つぎの人に順番が移る。棒にはミカドが一本、ボンズ（坊主）五本、サムライ十五本など点数にランクがあり、取った棒の得点の合計で勝ち負けが決まる。

帰宅してゆり子に説明した。

「ミカドゲームを、男と女の恋の歌にしているんだ。恋はゲームのようだが、ゲームのような駆け引きはいらない、という意味だよ。うちも駆け引きなんてなかったでしょ。花嫁は夜汽車にのって、だものね」

「そうよ。でも、つぎからつぎへと、考える暇を与えてくれないからよ」

夜に子どもたちが休んでから薄い光のダイニングでコーヒーを飲みながら語り合う習慣があった。

「グリコのポッキーは、ミカドゲームの竹串の棒を連想させるから、とわかったのだけれど、それがなぜミカドというネーミングのゲームなのか。それを突破口に、と思っているんだけれど」

そのころ仕事場は原宿に近い邸宅の庭先の物置を改造した白ペンキ塗りの小さな一軒家に移っていた。お付き合いのあった編集者や友人が集まって、仕事場近くのレストランで壮行会を開いてくれた。勤務後に保育園と学童帰りの子どもを家に放置するわけにいかず、ゆり子は参加できないことを悔しがっていた。電話で慰めた。

「今度は資金の心配はいらないのだからね。見送る人がホームシックになったら困ってしまうじゃないか」

『ミカドの肖像』はプランだけであった。実際に取材旅行へ出かけてみないと、何が出てくるのかわからない不安を抱えて出発した。当時は航空運賃も高いし、一ドルが二百五十円でまだ円の価値は低い。費用を節約するためにチケットはエコノミークラスだった。しかも直行便でなく南回りだ。まず香港で給油、二時間ぐらい待たされる。待合室に公衆電話があった。

「パパから電話。びっくりした。香港から一通話三百円とのこと。はっきりと聞こえていた」

ロンドンからモスクワへ飛んだ。通信事情もよくない。モスクワでは国際電話はほとんど不通だった。ミュンヘン、ウィーン、パリへ。

「航空便でパリジェンヌの間で流行っている傘を送ったとあった。郵便局に受け取りに行った。モスグリーンと茶のコンビの柄でセンスがよい。仕事帰りに子どもたちと三人でレストランで食事。ホッとした気持ちがつづく」

ロンドンへ行ったおかげで大島渚監督『戦場のメリークリスマス』(一九八三年、昭和五十八年公開)の背景が理解できた。こういう場面がある。英国人捕虜収容所でハラ軍曹

（北野たけし）が読経していてその横にヨノイ大尉（坂本龍一）がいる。捕虜のロレンス中佐（トム・コンティ）は、罪がないのに罰を受けるのか、とヨノイ大尉に食い下がる。ヨノイ大尉が、その通り、と答えるとロレンス中佐は言う。

「あなたはひょっとしたらギルバートとサリバンのファンじゃないでしょうね」

十九世紀後半、ヴィクトリア朝時代の大英帝国でオペレッタ・ミカド（ギルバート＆サリバン作）が上演され大ヒットした。いまもごくふつうに上演される喜劇である。そのなかにミカドは独裁者で、罪がなくても罰を与えることができる存在として登場する。日本という遠い東の果ての未開な国に独裁者がいるらしい、それを法治国家であるはずの英国社会を風刺する芝居に仕立てあげた。

イギリス人なら誰でも知っているオペレッタだから、『戦場のメリークリスマス』にその作者の名前が出てくることで観客は、ジョークの意味を共有していたのである。

日本は独自の伝統文化をもっている。そこにヨーロッパの文明が入ってくる。日本で練り上げられた文化、たとえば北斎や広重などの浮世絵は、ヨーロッパではセザンヌ、ゴッホ、ゴーギャンなど印象派を誕生させた。日本はヨーロッパから新しい法治国家の仕組みを取り入れた。

江戸時代の士農工商から天皇の下にすべての国民は平等であるとする一君万民へ、ミカドの国への切り換えである。国民国家は、投票の権利があり徴兵に従う義務がある。西南戦争などの内乱も収まり、法治国家としての体裁を整えるために憲法や議会をつくらなければいけない。そのあり方を探るため伊藤博文はヨーロッパへ行き、さまざまな学者に意見を求めた。そのなかでウィーン大学の憲法学者ロレンツ・フォン・シュタインのアドバイスがいちばん参考になった。

「君たちの国では、イギリスのような議会はまだ無理だ。百家争鳴になって何も決まらない。まずは議会の権限を一定の幅で制限して、官僚機構を育てそこで政策をつくって議会で承認するような形をつくったほうがよい」

現代の言葉で表現すれば、途上国型の開発独裁だが、何も決められないまま内乱に陥れば、アジアの他の地域のように西洋列強に侵略され植民地化されてしまう。こうしてイギリスとはやや性格を異にする日本的な官僚優位の君主制近代国家が誕生した。

日本人は万世一系の伝統と近代的な制度をたくみに縫合させたようなのである。それがどんな相貌で現代に行き着いているのか、『ミカドの肖像』でわかりやすい新しいイメージで描いてみたいと考えた。

「なぜ、西武グループは皇族の土地にプリンスホテルを建てたのか」「なぜ、オペレッタ・ミカドが欧米人から喝采を浴びるのか」「なぜ、明治天皇の御真影は西洋人の風貌になったのか」

日常の疑問から入ればよい。

そのころ女性誌「anan」(マガジンハウス)に小さな個展案内が載っていた。一枚のイラストが眼にとまった。それは昔話風なニッポンで、なおかつ外国人が描いたようなエキゾティックなおもむきがあった。「週刊ポスト」で連載するにあたって、先入観をもたれない新しいイラストレイターを起用したかった。編集部に提案する前に、ちょっとお会いしたい、と連絡してみると京都に住んでいる、近く上京する、とのこと。渋谷の喫茶店を指定した。アラレちゃんメガネのその子、石丸千里さんはまだ二十三歳だった。「週刊ポスト」を拡げて見せたら、グラビアページのヌードに仰天している。男性誌を知らない、そのミスマッチが気に入った。

走れD51

こうして『ミカドの肖像』の「週刊ポスト」での連載がはじまった。

入口にフランスの哲学者ロラン・バルト『表徴の帝国』のつぎの一文を置いた。

「わたしの語ろうとしている都市（東京）は、次のような貴重な逆説、〈いかにもこの都市は中心をもっている。だが、その中心は空虚である〉という逆説を示してくれる。禁域であって、しかも同時にどうでもいい場所、緑に蔽われ、お濠によって防禦されていて、文字通り誰からも見られることのない皇帝の住む場所、そのまわりをこの都市の全体がめぐっている」

原宿・竹下通りに近い白ペンキ塗りの小さな一軒家は、堆《うずたか》く積まれた資料の山であふれた。しっちゃかめっちゃかである。原稿用紙の束がじゃまになってきたのでワープロを買った。まだワープロを使っている作家はほとんどいない。いまのパソコンの性能とは較ぶべくもないが価格はかなり高い。フロッピー一枚の容量が少なくて連載三回分か四回分でいっぱいになってしまう。値段が百万円もした。黎明期の機械として骨董屋さんに高く売りたいぐらいだ。やがて粗大ゴミとして捨てられてしまう運命になるとは思ってもみなかった。

連載は七十六回、一年半に及んだ。途中、アメリカへ、イタリアのジェノバへ、追加取材を入れた。原稿用紙で一千枚、達成感があった。学生時代の宿題を、ようやく果たしたような気がした。『ミカドの肖像』は大宅壮一ノンフィクション賞をいただいた。

ゆり子もプロの教師として高学年の五、六年生の担任を受けもつようになった。五年から六年へと持ち上がり、卒業までの指導はいわば児童教育の仕上げ部分である。生徒を叱る場合でも、低学年と違ってその根拠をきちんと説明しなければいけない。掃除当番など班ごとの活動にはチームワークが求められる。一人がよくても全体がチームとして結束しておらず、ばらばらなら責任は班全体に及ぶ、ということも理解させなければいけない。叱ったあとに保護者にも連絡を入れて事情を話しておく気配りも必要である。

学級通信に「五年一組の担任になりました猪瀬ゆり子です。三回連続の高学年受けもちですが気持ちを引きしめて学級経営にあたりたいと燃えています」と記している。自信にあふれていた。

「父母の方々には、わたしの性格及び指導の仕方は学級通信、父母会、子どもの反応などを通しておいおい理解していただければと思います。どの家庭にとりましても子どもはかけがえのない宝物です。全力投球で四十個の物語を咲かせます」

五年一組を蒸気機関車にたとえて学級通信は「走れＤ51」とした。

宿題に、日記をつける、を課した。

「週に二、三回。子どもの気持ち、子どもが育っている環境などできるだけトータルに子どもを理解するため。二行か三行しか書けない日もありますが、この日記はわたしとその子の心の通信ですので家の人がたまに目を通してもかまいませんが、干渉なされないほうがありがたいです。わたしの感想は必ず書きます。個人でファイルしておき学期の終わりにまとめて家に持ち帰ります」

厳しくかつ熱血の指導振りは鳴り響いており、保護者の授業参観は校内でいちばんの盛況だった。女子児童にとってはゆり子の個性的なボブヘアと都会的なファッションセンス、夫について話すときのはにかむような表情と仕草が強い関心をそそっていたようだ。あるとき児童が囃し立てた。

「先生のご主人て直樹さんて言うんだぜ、なおき、なおき、なおき。なおき……」

手拍子で声を揃えた盛り上がりに、うるさいわよ、と照れ笑いを隠さなかった。

卒業式のあとの謝恩会でほっそりとした脚のラインがくっきり見えるスキニーパンツ姿

で「なごり雪」（作詞・作曲　伊勢正三、唄　イルカ）をギターの弾き語りで歌った。

季節はずれの雪が降ってる
……
なごり雪も降る時を知り
ふざけすぎた季節のあとで
今春が来て君はきれいになった
去年よりずっときれいになった

ややハスキーな声に静かに聴き惚れた感動が、いまでも忘れられないと保護者や教え子からの声が届くのである。

脳死

二〇一三（平成二十五年）年七月六日土曜日にスイスのローザンヌから帰国して病院へ直行したときに担当医からCT画像を見せられ「いわば脳の機能停止状態、一週間を上限とみてください」と言われた場面に戻りたい。

脳の機能停止状態とは間接的な表現でありながら、明確な事実を物語っている。別の冷たい突き放した言い方なら「脳死」ということになる。だが、脳死はイコール、死ではない。ゆり子は人工呼吸器で「生きている」のである。

少なくとも花柄のパジャマを着たゆり子は、僕にとっては、静かに眠っているだけのように見える。体温があり、心臓が鼓動している。客観的にも、肌がつやつやしているし、髪の毛も櫛が入れられてなめらかである。髪がのびてベタついてきたので看護師さんがシャンプーをしてくれ、娘がドライヤーで乾かした。殺風景なICUの室内の空気を和らげるために天然の薔薇の精油の入ったボディークリームとフェイスミストを娘が買ってきてゆり子の顔や腕や手、脚や足先にマッサージしながら何度も塗った。看護師さんが「ゆり子さんの部屋に入ると薔薇の香りで癒やされますね」と明るい声で言ってくれた。

しかし、医師から一週間が上限、と言われたのだから、いつ心肺停止状態、つまり死が襲うのかわからない。

娘、息子夫婦、豊田佳美さん、僕と、ICUに交代で詰めた。ただ長くいられる場所ではない。血圧、脈拍、呼吸回数などがモニターの画面に映し出されている。そのいずれかに異常値が出ると警報音が鳴る。枕元で手を握りしめ、腕をさすったりして少しでも血流をよくするぐらいしかやることはない。

警報音はしばしば鳴るのである。するとICUの個室なのでドアの外ではたらいている看護師がすぐに気づいて駆けつける。それぞれが行き違いに、交代で見舞いに来るので連絡ノートを置いて書き込むようにした。七月七日日曜日は、豊田さんが昼過ぎに来てこう記した。

「看護師さんによると午前中に血圧が一九〇まで上がったそうです。左向きであった体位を右向きに変えたところ、血圧は下がりいまは一三〇ぐらいに落ち着いていています」

豊田さんが帰ろうとすると、僕が到着した。ノートを見て様子をつかむのである。

その後、娘が来て、次いで息子夫婦が来た。帰国の翌日なので久し振りに家族揃っての夕食へ。夕立が降り、虹が空にかかった。

七月八日月曜日、僕が帰ったあとに娘が来た。

「一時間に尿が六八〇ccも出た。ふつうは四〇ccぐらいなので、抗利尿ホルモンを注射してもらう」

脳幹にある視床下部の機能が弱まると尿のコントロールをするホルモンが分泌されない、その結果である。

続いて息子が記入した。

「血圧が二〇〇台に。上半身のベッドを上げて調整。それでも血圧は一八〇台と高い」

九日火曜日、僕は仕事で夕方にしか行けない。豊田さんの記入を見た。

「前日夜半に三時間で八五〇ccも尿が出たので抗利尿ホルモン剤を注射したそうです。午後二時現在も、尿が多量なのでもう一度、抗利尿ホルモンの注射しました。先ほど回診がありました。血圧と心拍の数字が低下しているようです。血圧一〇一、心拍四六、です」

入れ代わりに着いたところ、血圧が一五〇に上がっているので看護師さんを呼んだ。

「ときどきそうなりますが、調整はしにくい」とのことだった。

その後に娘、さらに息子。

ＩＣＵは監視体制が行き届いているが、家族の泊まり込みはできない。覚悟はできているので、一進一退でいるなら病室へ移してもらってもよいのではないか、と思った。

十日水曜日、僕は少しでも近くにいたいので、鈴木特別秘書の提案で同じ病院の人間ドックを受けることにした。そうすれば一泊できる。

早朝、入院した。検査の前に八時にＩＣＵへ立ち寄った。ゆり子は前夜に血圧が急上昇したので降圧剤を増やしたところ血圧が八〇まで低下、尿が三時間で一五〇〇㏄だったので、ホルモン注射をしたこと、体位交換で血圧が少し戻った、などを看護師から報告を受けた。人間ドックの検査の途中の待ち時間に、再びＩＣＵへ立ち寄った。

「すやすや寝ているような感じ。病気じゃないような錯覚」

息子が来たので、小川のせせらぎ、森のなかでさえずる小鳥、などのＣＤを買ってラジカセで聴かせてほしい、と頼んだ。

豊田さんのメモに「体温が三四・九度と低めなので保温しています」とあった。

十一日木曜日、再び深夜に多量の尿、抗利尿ホルモンの注射をしたとのこと。

人間ドックの検査は問題なく終わって僕は退院である。

十二日金曜日は、夕方に東京ドームで都市対抗野球の始球式をやらなければいけない。

六時三十分に病院の控室で息子夫婦といっしょに家族会議をやることにした。娘からは「ママの今後について」急いで会いたい、とメールがあった。

一週間を上限とみてくださいという期限が迫っていた。娘はこう提案した。

「もう余計な治療をせずに、自然に委ねようよ」

降圧剤、昇圧剤、抗利尿ホルモン剤など、薬のコントロールで死を免れているにすぎない。自然に、とは死が近づくことを意味する。

僕は思案した。

「ローザンヌから帰ってくるまで待っていてくれたからねえ」

ＩＣＵでこれ以上の延命治療をするより、個室へ戻って家族とともに過ごす時間を大切にしながら「死」を受け入れていくしかない。

「わかった。その方向でお医者さんに相談しよう。個室へ移ったら簡易ベッドが置けるので、病院への泊まり込みの体制を考えてくれ。いつでも看取りができるようにね」

娘はその晩から、泊まる、と言った。

微笑子の物語

生きている人と人が会うということは凄いことである、と臨床心理学者の河合隼雄先生が述べている。『犠牲（サクリファイス）わが息子・脳死の11日』を著した柳田邦男さんは、凄い、はストレートな形容詞なので作家はそういう表現はしないだろうが、多くの心を病む人びとの話を聞き、そのカウンセリングをしてきた河合先生が、凄いことだ、というとそうだろうなと思ってしまう、と書いている。僕もいま、凄いことだ、と思いはじめている。

そういえば、ゆり子の仕事の中身をあまりよく知らなかったな、と思い返した。自宅で見つけたゆり子が書いた「微笑子《えみこ》の物語」を、死が忍び近づく病室の枕元でめくりはじめた。

僕が『ミカドの肖像』で大宅賞を受賞したころ、ゆり子は担任から降りて言語障害児童のための「ことばの教室」の専任になっていた。ひとつの小学校に設けられた「ことばの教室」には、その小学校だけでなく近隣のいくつかの小学校から、発達障害の二十七人の子どもが週一回、保護者に連れられて通い、三人の専任教師が一対一の個別指導をする。「微笑子の物語」は、箱庭療法などユング心理学者たちの講習会にも通って学び実践した三年間の記録をつづったものだった。言語障害の児童は全国に五百万人いるとされ、適切な指導があれば治る、とされている。

母親に連れられてきた三年生の微笑子（仮名）はニコニコしている。発音ははきはきしているがほとんどおうむ返し状態で会話はまったく成立しない。微笑子の閉じた心を少しずつ開いていくまでの三年間はまさに物語であった。

「三年前、わたしは微笑子を含め何人かのことばの障害をもつ子どもたちと出会った。十七年間の学担生活からひょいと『ことばの教室』担任に移ったわたしは、意思疎通の単なる記号である『言語』が万人に通じるものといつのころからか思い込んでいたことを、見事にひっくり返されてしまった。子どもたちが無心な瞳をキラリと光らせるとき、握った手を振り切る動作で心の通信を迫るとき、手前にあるすべての物が褪色していき、彼らの呼びかけだけが生き生きときわ立ち、わたしはあらためて彼らに目を凝らし耳を欹《そばだ》てる。そんなことが少しできるようになっていった」

ニコニコしているがおどおどしている微笑子は、絵カード遊びをはじめると元気が出てきた。野菜、くだものの名前はほぼ言えるのだ、動物の名前、身近にある物、台所用品はほとんどわからない。クラスでも絶えず独り言とおうむ返しだけ。「この子はどこの子おサルの子、お顔まんまる真っ赤っか」とぶつぶつ繰り返している。そこで指導目標をつくった。「担当者と仲よくなる」「まわりの人や物事に関心を持ち、集団遊びができるようになる」、そして「言葉をコミュニケーションの目的で使えるようになる」である。

絵を描いたり、絵本を読んだり、絵カードで言葉ゲームをしたり、散歩をしたりするが、三カ月ほど変化は見られなかった。母親には、絶えず話しかけ、一人遊びの時間を短くして家事をいっしょにやらせるように、買い物にはかならず連れて行くようにしてください、と宿題を出した。

夏休み明けの初日、「せんせい、あのー。せんせい、あのー」をくり返す。何を話したいのだろう。「夏休みのお話かな。プールへ行ったこと、なあに……」と問いかけるが視線があっちこっちへ、手を握ったり放したり、ところが突然、「歌、NHK、みんなのうた」と大声でしゃべった。目がキラキラして、身体いっぱいで笑い出した。

「微笑子、うたおうか」とおおげさに手を広げてみせると、いきなり黒板にさらさらさらと歌を書きはじめた。しっかりした字だった。

「黒板に書くと、つぎのお友だちに消されちゃうので紙に書こう」

「うん。紙、紙、紙」

何かにとりつかれたような猛烈な勢いで「バッタよ　おまえの見た空は　白い雲がちぎれて　流れてた……、あしたは夕日のむこうさ」と書いた。「とべバッタ」「おにいちゃんになっちゃった」「カメレオン」「バナナ村に雨が降る」の歌詞を六枚の原稿用紙に書きまくった。書き終わると微笑子はぬっと立ち上がり大声で歌いはじめた。オペラ歌手が舞台で朗々と歌いあげるようにお腹の底から太い声で歌いつづけていく。微笑子の歌声はひとつ置いた隣の職員室にもひびいていた。何ごとが起きたのか、ラジオのボリュームをいっぱいにして音楽でもかけているのかと職員室から教師が一人、びっくりして走ってきたほどの声だった。

「これが微笑子なのか、これが微笑子の世界だったのか。暗やみに一筋のあかりを見た瞬間でもあった。微笑子の世界に入ってやろう。微笑子の世界で遊んでみよう。微笑子の頭のなかにコピーされたままの言葉に命を与え、現実の生活のなかへ引っ張り出せばよいのだ」

「とべバッタ」の歌詞をもぞう紙に大きく書かせる、あらかじめ準備しておいたバッタや草の穂の絵に色を塗り切り抜かせる。微笑子のかいた草むらの好きな場所に好きな数だけ貼らせていく。歌詞にもどる。白い雲も入れよう。夕陽色に塗ってみようか。二人で「とべバッタ」の情景をえがいていった。できあがったところで絵の前に立ち、出てくる言葉に合わせ絵を指し、動作を加えながら大きな声で歌った。

「この子どこの子不思議な子」「バナナ村に雨が降る」など何曲も、くる日もくる日も歌ばっかり。そんなことがつづくなかで微笑子に変化が見られた。おうむ返しが少し減ってきた。AかBかの決断が必要なときに自分の意志でAという決断や選択ができるようになってきたのだ。

十月の大雨の日、「先生、雨」の言葉が出た。その日から、微笑子のとりわけ大好きな「コロは屋根の上」の学習に入った。「ボクのコロは屋根のうえ　雨がふるとかさをさし　はなうたルンルン……」の歌、いつものように歌に出てくる草原、カサ、屋根、ネコのコロ、コロがくわえる花束の切り抜きもつくる。このころになると微笑子の作業は手慣れていた。

微笑子が部屋に入る前に、コロのお面をかぶり魚の切り絵を手に持った。微笑子は見るなり「あ、コロだ」と叫んだ。コロの声色で話しかけた。

「微笑子、ぼく、コロちゃんです」

「こんにちは」

「ぼくは、何をもっているかな」

「さかな」

「そう、ぼくはネコだからさかなが好き。微笑子の好きなもの、ぼくにちょうだい」

「ケーキ」

「ありがとう、おいしいな。でも、ぼく、まだおなかがすいているよ」

「さかながあります」

「おいしかった。おさんぽ行こう」

「うん。カサ」

「そうだね。カサをもって行こう。どこへ行く」

「さんぽ」


この日が微笑子と話ができた記念日となった。お面は息苦しいのではずすとキョトンと微笑子、あわててお面をかぶった。微笑子と会話ができる、奇跡のように思えた。

そのうちにお面をはずしても会話ができるようになった。母親は、意識して話しかけると逃げて行くと報告したが、これはうれしい報告なのである。母親が積極的になっていること、そして微笑子がいやなものを拒否する意思表示ができるようになってきたから。

年が明けてから、微笑子にとっては辛い言葉の指導がはじまった。カードを使ってのやりとり。①思いのまま話す、②相手のもとめに応じて適切な言葉で答える、この二つを分けて指導する。①もたいへんだが、②は微笑子にはかなり辛い。きちんと答えないと机をたたくことも指導のうちで、微笑子は目のふちを赤くして涙をこらえている。ぼんやりしたり、うす笑いを浮かべた表情が、われに返ったように、瞳のなかに一瞬、射すような光があらわれるようになり、「いまだ、いまがチャンスだ」とはやる気持ちをおさえながら、必死になって微笑子を手の内に追い込む。

一年目は、微笑子の小さなつぶやきに耳をかたむけ、気持ちを言葉で表出させていくことを目標とした。言葉を正しく使う学習、あいさつをはじめ人との関わりで必要な言葉のパターンを身につけさせる訓練、友だちと遊べるようになる、などが目標だった。

つぎのステップが形容詞を使っての学習である。連想する言葉が出てきてほしい、がんばれ、がんばれ、とはげました。「すっぱい、ミカン」と出てくればよい。微笑子は両手を握り、うーん、うーんとうなっている。がんばれ、がんばれ。すると微笑子の頭のなかにある機械が作動しはじめた。

「あたたかい、おふろ」「やかましい、テレビ」「いやらしい、志村けん」「つめたい、ジュース・むぎ茶・プール」「あかるい、たいよう」「かゆい、うで・しり」「くるしい、プール」「ねむい、よる」「そと、たいよう」

繰り返し練習して、回を追うごとに連想できる言葉が拡がった。その場に合ったおしゃべりも多くなっていた。テレビを見る時間も長くなり、番組を記憶して再現する独り言も増えていた。だが相手と向かい合った場面でのおうむ返しは減っていた。

トランポリンやバドミントンなど身体を動かす遊びもいれた。バドミントンでは「打っていいですか」「あっ失敗」「ごめん」「もう一度」とプレイの最中に言葉が出た。母親が行動しはじめた。身障児を対象に設置されているスイミングスクールへ、土曜日の午後に通いはじめた。微笑子にとって大きな楽しみのひとつになった。クラスや「ことばの教室」で存在が認められつつあるにもかかわらず、家庭では父親と兄からはなかなか受け入れてはもらえなかった。学校の廊下でぶつぶつ独り言をいいながら歩いていたり、髪をぼさぼさにしているのがいやな恥ずかしがり屋の兄は、微笑子を叩いたりののしったりした。

そこで母親と微笑子で土曜の午後に家族のおやつをつくるよう提案した。二人で何をつくるか材料を考える、買い物に行く、できたおやつを家族四人で食べる。これをつづけることで母親の微笑子への関わりが少しずつ積極的になってきた。指導が終わって帰るときに、何を話したか、微笑子に確認していた。家庭で微笑子は少し強くなった。それまで兄にぶたれるとイタイイタイと声を上げながらうずくまっているだけが、肩までにぎりこぶしをあげるようになった。

五年生になり、微笑子の家で大きな環境変化が起きた。父親が腰を痛め長期療養のため、母親が自宅近くの会社ではたらくことになった。十数年ぶりの会社勤めと、はたらきに出られない夫への気遣いと、思春期にはいった長男への配慮、微笑子のいまと将来への希望と不安をかかえる母親に心から声援をおくりたい。

よいことがあった。手紙に風船を付けて飛ばす学校行事があった。微笑子も手紙を書いた。大空に風船が舞った。微笑子の風船が横浜市の学校で拾われ、クラスに返事が届いた。

「微笑子ちゃん、すごいね」となりクラスでその存在が認められた輝かしい日であった。地黒の微笑子の肌がますます陽に焼けて白いワンピースがまぶしく感じる季節、夏休み。今年の夏休みは微笑子一家にとってはこれまでとは違う。母親が勤めに出ているため自分が不在中の家族のことが心配なようなので話し合った。微笑子に関しては、胸もふくらみかけ女性らしい体型になったので性犯罪に出会わないような身体の守り方、たとえば体型がくっきりしない布地の服にするなど、また土曜のおやつはつづけると約束した。

勤務中に突然の雷雨で、母親は勤務先から夢中で飛び出し自宅にかけつけると、干してあった家族の布団が家のなかへとりこまれていた。微笑子がやっていたのだ。

この一年間の敢闘賞は母親にあげたい。三年前は何を話してもうんうんとうなずき、何を訊いても、さあ、どうなんでしょう、とニコニコと答え、おかしくもないところでキャッキャッと笑っていた母親が変わってきた。遊んだあとの片付けをしない微笑子を、毅然とした態度で叱ることができるようになった。そんな場面があったときに、すかさず母親に、いまの態度はよかった、いまのように自信をもち微笑子を育ててください、と伝えた。微笑子が将来、他人のなかにまじってはたらき、結婚生活がおくれるよう指導できるのはお母さんなのだから。

いよいよ微笑子と出会った三年間の集大成をしてみようと考えた。カルタを自由につくらせてみよう。しかし、微笑子は正しく文が書けない、いやそれ以前の問題がある。指定された文字から適当な言葉や文が頭に浮かぶのか、仮にできたとしてもその読み札に合う絵が描けるだろうか、心配なことのほうが多かった。だが何か微笑子に形のある楽しいものを完成させてその喜びを味わわせたかった。毎回、カルタ作りに三十分の時間をとり、五組ずつつくることを目標に作業がはじまったが、微笑子の力はわたしの予想を越えた。絵は時間をかけてとてもていねいだ、美しい色をつかっている、絵札と読み札はちゃんとマッチしている。

「さ」は、さるとカキの絵で「さるがかきをたべる」。いちばんわたしの心をとらえたのは、あの、とてもこわがった父親について、「こしがいたいおとうさん」が横になっている絵を描いたこと。

腰痛で長期療養が一年になる父親。一家の大黒柱が倒れた微笑子一家のこの一年はどのようなものだったのか。わたしにはわからない。微笑子はいつも笑っているし、母親もやっぱり笑っているから。ただ微笑子がときには流した涙の一粒一粒のきらめきを増したような心の動きが、一家の光となっていったのでないかと思う。「お父さんが、微笑子をかわいがるようになったんですよ」と、母親が笑いながら語った。

黙の日々　君の心を　開ける鍵　埋めたのは何故　埋めたのは何処

花の季節を間近にして、微笑子の小さな物語も咲いてほしいと願いつつ、ペンを置く。

僕は「微笑子の物語」を閉じた。ゆり子が静かな寝息をたてている病室のモニターの画面に、赤や緑や青の波が無機質に揺れている。ゆり子と出会った、そしていまも同じ時間を共有している、それは、単に長い時間が通り過ぎて行ったということではなく、夜空の無数の星と同じぐらい数えきれないたくさんの輝いた瞬間をいっしょにつくることができた時間であった。人と人が出会う、凄いことではないのか。

第三章
走り抜けて

愛犬と自宅近くの桜並木を散歩して。

一に好奇心、二に好奇心……

「少し、のんびりしたいわ」

ゆり子が小学校の先生を辞めたのは二〇〇三年（平成十五年）三月だった。二十三歳から五十五歳まで三十二年もほとんど休まず勤めた。育児休暇も取らずに二人の子育てをしながら気難しい夫の仕事を支えて走りつづけた。

「わたしが元気なのはね、子どもたちからいつも命を吹き込まれているからよ。運動会の組み体操を、落ちこぼれが出ないように指導していて完成するまでもっていくと、子どもたちの集団の不思議なパワーがわたしの内側へ、ホルモンのように入ってくるの」

なるほどね、命の芽吹き、集団の、と納得した。天職に巡り合えてよかった。

僕の作品の第一読者はゆり子だった。ちょっとしたわかりにくい表現やつまらない表現があれば、すぐに見つけた。子どもの文章を見つめてきたから、素直に的確に指摘できるのだと思う。

子どもたちも大学を卒業して就職したし……。ところが僕は作家業のかたわら小泉純一郎首相の行財政改革の手伝いをはじめていた。放っておけない、とも考えたようだ。西麻布の仕事場への泊まり込みの日々が多くなり、食事も外食や出前などに頼りがちで栄養バランスがとれていない。そのうえ僕が道路公団民営化委員に就任するにあたっていわゆる道路族と呼ばれた国会議員から猛反対されていた。「道路族、熊は通しても猪は通さじ」と新聞で取り上げられたりしたからである。

仕事場近くのレストランで二人で食事をしている姿を見ていた客たちが「あの人は秘書の方なのかしら、奥さんなのかしら」と話題にしていたと後日、聞いた。ふつうの夫婦の会話とは違うように思われたかもしれない。食事の合間でさえもいつも真剣に仕事の段取り、スケジュールの話をしていたからだ。地方の講演会にも必ず同行した。講演の終了後、著書サイン会を地元の書店が担当する。お客さんの動線を考え、どこにサイン机をおけばよいか、書店にアドバイスするのもゆり子の仕事であった。講演からの帰途、新幹線を下車するとき、知らない人からにこやかに「いいですね、猪瀬さん。美人の秘書といっしょで」と声をかけられたこともあった。教師の仕事を辞めてからは、僕を助けるほうでの共働きになった。

小泉純一郎首相に頼まれ、道路公団改革の仕事を手伝うことになったのは二〇〇一年

（平成十三年）四月だった。石原慎太郎都知事の長男石原伸晃さんが行革担当大臣となり、そこで一九九六年（平成八年）に『日本国の研究』（文春文庫）を書いた経緯もあるので道路公団民営化のプランをつくった。

そのプランを小泉さんに手渡したのはその年、二〇〇一年八月だった。『道路の権力』（文春文庫）に記したが、僕は企画書をつくり、あとは政治家にと期待していたら誰もやらない。番記者が「猪瀬さん、道路公団民営化をやろうという国会議員は一人もいませんよ」とかわいそうな人を見つめるように評した。仕方がなく使命感で自分が汗をかく側にならざるをえなかった。

それから四年かけて苦難の末、〇五年（平成十七年）十月に民営化会社をスタートさせた。無駄を削って借金返済のスキームをつくり、同時に料金を平均二割値下げできた。利害関係者がさまざまな情報戦を仕掛けてきてメディアを巻き込み、改革は失敗だと罵るのでほとほといやになり疲れたけれど、達成感はあった。自分の著作物は建築家でいえば設計図だが、現場監督までやって実際に建物をつくるところまで立ち会ったからである。いまではサービスエリア、パーキングエリアが様変わりした。ファミリー企業から開放され、アウトレットモールのように生まれ変わり、ご当地グルメや特産品の店が競い合い、コンビニやコーヒーチェーンも進出できるようになっている。

〇六年（平成十八年）九月に小泉首相が五年半の任期を終えて退任することになったとき、首相執務室へゆり子を連れていっしょにあいさつに行った。

白髪が増したライオンヘアの下の眼をいっそう細めた笑顔の第一声が「よく辞めずに最後までやってくれたなあ。ほんとうにありがとう」だった。「途中で辞めると思ったんですか」と苦笑すると、「ふふ」とまた笑った。

僕はかたわらのゆり子を紹介した。

「おお、奥さんですか」

「はーい」

ものおじせずにお辞儀をするので僕は心強い。

「そうか、そうか、記念写真を撮ろう」

僕は、政治の舞台でプレイヤーになることは最初で最後の仕事と思い取り組んだから責任を全うするつもりで、どんなに苦しいときにも踏ん張った。もの書きに戻るつもりでいた。第一次安倍内閣で地方分権改革推進委員を依頼されたときには、委員会を全面公開して事態を打開する道路公団民営化委員会のＤＮＡを残す役割もあるな、と引き受けた。ノウハウが民主党政権の事業仕分けなどへ継承されたが、やや安直で矮小化されたきらいがあって、結局長続きしなかった。

〇七年（平成十九年）四月八日日曜日、郊外の自宅近くのテニスコートで汗を流してから、ゆり子と犬の散歩のついでに最寄りの小学校に設けられた投票所へ行った。都知事候補に石原慎太郎と記入して戻り、夕飯を食べていると午後八時を一分過ぎるか過ぎないかのうちに開票速報で石原慎太郎当選確実とテロップが流れた。早いなあ、ほとんど開票と同時じゃないかと驚いたもののすぐに石原三選のことはすっかり忘れ、大宅壮一ノンフィクション賞選考委員として候補作を読むことに没頭した。

しばらくして石原知事の特別秘書兵藤茂さんから夕食のアポイントメントの電話がかかってきて、気軽に応じた。三島由紀夫や太宰治について、久しぶりに文学論でも戦わすぐらいに考えていた。石原さんが知っている三島由紀夫のエピソードは、身近で観察したものだからおもしろい。

石原さんと食事したのは五月の連休明けだった。ふつうに口説いても猪瀬さんは絶対に副知事はやりませんよ、と伸晃さんは父親にそうアドバイスしたらしい。「お父さん、それでもどうしても口説くつもりなら、作家同士の話でいけば可能性があるかもしれない」と秘策を教えた。そんな作戦は露しらず、僕は無防備で石原さんと会った。料亭の大きな部屋だった。二十人ぐらい坐れそうな座卓だった。道に迷いひと回りして時間ぎりぎりに部屋に入った。

「あれ、こんな広いところに二人ですか。あと数人来るんですよね」

部屋の大きさでそう判断した。文学好きの何人かに声をかけてあるに違いない。石原さんは独特の照れた顔でニヤリとしながら頷いた。

「そうだな、ネズミに引かれそうな感じだな」

それでも僕は罠にかかっていることに気づかない。

「いま一〇〇〇メートル、泳いできたところ。ニューオータニのプールは一五メートルしかないから、三十三回往復しないといけないんだよ」

三十三往復×一五メートルで一〇〇〇メートルになる。計算は合っている。七十四歳で一〇〇〇メートルを泳ぐ。偉いなあ、と感心していた。隙だらけのところに、突然、「猪瀬さん、副知事やってくれ」と頭を下げた。世間では高慢に思われている（僕は以前から率直な会話がおもしろくてそう思っていないが）石原さんが頭を下げてお願いする。

「小泉さんのお手伝いをしたことは僕の人生の例外でした。僕はもの書きに専念したいという心境です」

石原さんは身を乗り出した。

「作家を辞める必要はない。僕はね、知事を始めてから長編の構想が七本出てきたね。いろいろ思いつくもんだよ」

石原さんについて『太陽の季節』しか知らない人がいるが、三十代に書いた『刃鋼』の文体に感動したし、五十代の『わが人生の時の時』にちりばめられたエピソードは生きることへの執念に満ちており「弱さ」を楯にするふつうの作家では書けない。

すっかりペースにのせられていた。石原さんは『ペルソナ　三島由紀夫伝』や『ピカレスク　太宰治伝』（共に文春文庫）を精緻に読み込んでおり、僕は石原さんの『三島由紀夫の日蝕』を読んでいる。話は尽きなかった。そういう経緯があって、副知事を引き受けることにした。

石原さんから副知事をやってくれ、と依頼された日の夜、「まだ誰にも言えないことなのだけれど」とゆり子に打ち明けた。ゆり子は、「また変人なのね」と笑ったが、戸惑ってもいる。

「あなたは一に好奇心、二に好奇心、三に好奇心。好奇心のかたまりだから、もうやるつもりなんでしょ」

僕はおよそ以下のような話をした。

『太陽の季節』が出た一九五五年（昭和三十年）、僕は小学生だったけれども、青春時代、石原さんや同年代の大江健三郎、江藤淳、少し上の三島由紀夫、吉本隆明、橋川文三といった作家や批評家の作品をよく読んだ。それらによって成長させてもらったという思いがある。

彼らは時代の旗手だったし僕が作家を志してからもつねに意識しつづける対象だった。もちろんおのおの違いはある。論争も盛んだった。ただ、彼らの文学は現在のオタク化したものと違って、状況を超えようとした文学だったわけで、個別の違いはあれど尊敬している。そういう存在のひとりであった石原さんから手伝ってくれと言われたのだから、やりましょうということだ。

フランスの哲学者アランは、「悲観主義の根底は意志を信じないことである。楽観主義はまったく意志的である」（『定義集』）と書いた。かつて大江さんもこの「意志的楽観主義」の重要性を説いた。気分による悲観主義は何も生まない、何も変えない。新しいものをつくりだすのはいつの時代も意志だ。

小泉さんは変人と呼ばれた。しがらみがなかったから霞が関にメスを入れ、族議員の排除に動けた。石原さんもそういう意味ではしがらみのない変人だ。もしかしたら東京から日本の官僚政治を変えることができるかもしれない。西麻布で世界を考えるだけでなく、新宿の都庁で考えればたしかに複眼的な視点も加わる。坐ったり立ったり向きを変えたりするだけでも、ひらめくことがある。

ゆり子は日記に「夜、石原慎太郎と会食。副知事の話」とのみ記した。

走れ、走れ

突然、二〇〇七年（平成十九年）七月から、新宿へ毎日通う生活がはじまった。夜は西麻布で執筆活動をつづけているとはいえ、かなりの時間を新宿西口の高層ビルのなかで費やさざるを得ない。

東京は日本の首都であり、世界有数の大都市である。霞が関で仕事をする官僚が国家公務員なら、東京都の場合はただの地方公務員ではなく〝首都公務員〟としての使命感が求められているはずだ。

僕は副知事になったばかりのころ、財政破綻した北海道夕張市に東京都の職員を支援に送り込もうと提案した。「なんでそんなことを言い出すのか」と人事部長が怪訝な顔をした。

「新宿の高層ビルから見下ろしているのではなく、疲弊した夕張から東京を見つめること。両方の視線でものを考える複眼思考の芽を育てるのです」

若い二人の職員が派遣された。

「東京都にとってわずか二人の職員でも、夕張にとってはたいへんな戦力になります。それに東京が動き出したら、他の自治体も動き出します」

派遣された若い職員が「暖房費を節約しているのでスキーウェアを着て、毛布にくるまって、手袋でキーボードを打っています」と報告してきた。東京都が支援をはじめると、他の県や都市からも、職員が派遣されはじめた。派遣は全国からになり二十人近くにもなった。

派遣第一号の鈴木直道君が三年後、夕張市長に当選した。毎年、都庁の観光PRコーナーで夕張メロンの特売会をつづけた。そういう先行事例があるところに東日本大震災が発生した。被災地へ支援に向かうのは当然だという空気ができていた。

国家公務員でもなく地方公務員でもなく、首都公務員は独自の使命があると思っていた。霞が関の意思決定では遅すぎ、地方では地力がなくてできないことのひとつに、羽田空港の国際化があった。羽田の第四滑走路ができたにもかかわらず、国際便の発着枠は制限されていた。発着枠の増便を国際線を中心とするよう国交省に求めた。いまは羽田発の国際便は常識になっている。

少子高齢化の時代をどう克服するか、そのビジョンづくりが急がれていた。保育所を増やす、高齢者のサービス付住宅をつくる、誰もがスポーツに親しむ社会をつくる、東京メトロと都営地下鉄を一元化するなど課題は山積していた。

解決法は見つけられると思ったが、しだいに解決する気持ちをつくるほうが重要ではないかと思いはじめた。日本はダメだ、ではなく、日本は凄い、と空気を変えることが先決ではないか。それはゆり子との対話がきっかけだった。

「あなた、メタボになりかけているわよ」

たしかにスーツの腰回りがきつい。以前に履いていたズボンが入らない。テレビに映っている自分の姿を見たら、明らかに太っている。こういうことは周りでは遠慮して言わない。

「たまにテニスをやるだけではいけないな」

「犬を飼うのは運動のためだからと言ったのに、結局、犬の散歩はわたしがやっているんだから」

副知事になってから、明らかに運動不足とストレスから夜食が増えて、不健康になってしまった。

作家を辞める必要はない、と言われて副知事になったが、どうも作家らしくない、と反省した。同じところに毎日通い詰めていると、体型までメタボのサラリーマンのようになってしまった。発想力までそうなってはいけない。

「よし。こころを入れ替えよう」

ランニングをはじめた。中学校の運動会以来、走ったことはない。自宅の周りの一区画を三〇〇メートル走った。

ゆり子が心配になり、見守りにきた。

「歩いているよりは、少しは速いわ」

団地から郊外の住宅街へ引っ越してからテニスをはじめた。近くにテニスコートがあったからである。ゆり子は高校時代にテニス部にいたので連れ出してくれた。本格的にテニスをやるには走り込みをしなければいけないが、僕は気楽な素人テニスでたいした基礎訓練もしていない。それでも多少の筋力はついていたのだろう。二人でフォアのラリーを三百回つづけたことがある。ゆり子が上手に打ち返してくれたとしても、年齢は関係なく努力をすればできるのである。

翌日、三〇〇メートルを五〇〇メートルにしてみた。疲れたけれど、できない、ではなく、ああ、できるんだな、と思った。スピードはいらない。二倍なら一キロメートルじゃないか、考え方を変えればよいのだ。

最寄り駅まで五〇〇メートルである。行ったら、帰らなければならない。一キロメートルを達成した。二〇一〇年（平成二十二年）の秋だった。六十四歳の誕生日が迫っていた。二〇一一年元旦に初めて一〇キロメートル走った。そのいきおいで元旦に月間目標を七〇キロメートルに設定した。毎月七〇キロを目標にコツコツ走りつづけて、一年で八四〇キロのつもりが縁起をかついで八八八キロメートルを走破した。

二〇一二年の東京マラソンは三万六千人の出場枠に対して参加希望者が十倍近くになっていた。そこで十万円以上を寄付して走るチャリティー枠を申し込んだ。三千人の枠が半分ちょっとしか埋まっていないので応募した。

最長で一〇キロしか走った経験がない。四二・一九五キロをどうやって走り切るか。ふつうのやり方をしていてはダメだ。そこで本番の二週間前、マラソンコースの三〇キロ地点である浅草橋に向かった。浅草橋からゴールの東京ビッグサイトまで一二キロある。その一二キロを実際に走ってみた。一回走った経験がデジャヴ（既視感）となり、三〇キロまでなんとかたどり着けば、ゴールまでの道筋がイメージできるからだ。

「わたし、三〇キロの手前で手を振る。そうすれば三〇キロを乗り切れるでしょ」

ゆり子は心配でたまらない。

リスクマネジメントをしなければいけない。五キロごとにタイムの関門がある。その関門を突破することだけを目標にすると、三〇キロは単なる五キロの連なりにしか感じられない。ラストの一二キロは歩き始める人が多い。そこでゴールまでの風景を知っているデジャヴの強みがフィニッシュを引き寄せるのだ。スポーツとは、体力に加え、考える力だとわかった瞬間である。

オリンピック招致活動をマラソンレースにたとえて考えるようになったのは、このときの経験があるからだ。ペース配分を考え、相手の出方をうかがい、どこでスパートをかけるか考え、実行に移す。そうやって目標を達成したときの喜びも、六十五歳にして初マラソンを完走した僕にはよく理解できる。スポーツが好きで、スポーツを心から楽しむ。そういう思いが、同じくスポーツマンであるＩＯＣ委員の心に響くはずだ。

スポーツをすることで、東京の人たちが、日本人がどれだけ健康になるか。未来に夢を抱くか。高齢化の影響で、福祉予算も医療費も増えるいっぽうだが、先進国がこれから抱える課題を先取りしているともいえる。スポーツでただ鍛えるのでなく、スポーツに親しむことで健康になり、社会保障費削減にもつながるだろう。オリンピック・パラリンピックをきっかけに成熟都市のモデルを示すことができればよい。

借りた五千万円

石原慎太郎知事が、突然の辞任会見をしたのは二〇一二年（平成二十四年）十月二十五日木曜日午後三時だった。

「猪瀬さんで充分だと思っている。役人出身じゃないからね、数字の虚構がわかって、その数字をキャッチして分析し、僕の代わりに行動してくれる。そういう人がどんどん登場していくべきじゃないか」

石原知事は国政に転じる、というのである。後継は誰か、と訊かれ、僕の名前が出た。それからは僕の周辺はてんやわんやの大騒ぎとなった。僕は選挙の経験がない。

副知事室を出ると、マイクを突きつけられたが、何も答えようがないのだ。まず、すぐに何を、誰に頼むのか。そういう実務をまったく知らなかったことに、うかつだが初めて気づいた。さまざまな人が、助っ人をしたい、と申し出てくれた。

僕はいわゆる政治家ではない。政治家の悪口を言って溜飲を下げているだけでよいのか、あれがダメ、これがダメ、と言っているだけでよいのか、と考えた。政治家の経験がなくても、作家だからできることもあるのではないか。石原さんから、そう言われたら、もう運命として受け止めるしかないな、とゆり子に話したら、そうよねえ、と戸惑いながら笑った。

「自宅のパトロールの回数が増えた」

ゆり子は日記にそう書いている。作家の妻のはずがそれだけではない、何かしらの重苦しさがゆり子の上にものしかかっていたと思う。

僕はそれまで霞が関の官僚機構については分析の対象としてきた。国家の意思決定は、霞が関の各省庁でつくられたデータをもとにしている。明治時代以来、彼らが政策決定の陰の主人公であった。だから官僚機構が何を考え、どういうレトリックで法案をつくり、記者クラブを通じて世論を組み立てていくのか。そのあたりが僕の知的好奇心をそそるところであった。なぜなら精緻につくられた彼らの答案は、できあがるまでのプロセスをチェックしていくと、意外な落とし穴が隠されている。タテ割りの省益のためにいかに無駄な税金が使われてきたのか、見えてくるのだ。道路公団をはじめとする天下りの実態も、霞が関の病巣のひとつであった。

そうはいっても最後に予算を議決するのは永田町である。ただ永田町のテーマは政治権力をめぐる派閥の離合集散や地元利益優先の族議員の話題が中心で、登場人物のキャラクターはおもしろいが、ムラを仕切るルールにはあまり興味がもてない。政治家は、僕にとってまったく憧れる職業ではなかった。

道路公団の民営化委員も東京都の副知事も、政策に直結する仕事、プランナーとして取り組んだ。しかし、最終的には政治決断がなければ政策は実現しない。民営化案も、小泉首相が、やる、と決断しなければできなかった。副知事の時代も、石原知事の決済をとって仕事をしていた。小泉、石原の二人は変人であっても、考えてみれば権力の源泉は選挙という洗礼を受けてきたからだった。

そんなあたりまえの現実は、あまりわがこととしては受け止めていなかった。政治家になる、と思っていないのだが、選挙に出るとは政治家になること、なのだ。そこにつきまとう規制やルールのはるか手前で僕は混乱していた。

ポスターをつくる、選挙事務所を借りる、選挙カーの手配、支援団体へのあいさつ回りなど、いろいろな段取りをどう組むのか。石原知事の特別秘書の二人が、おおまかなポイントを教えてくれた。

だが都議会自民党は、石原知事の後継指名をなかなか受け入れなかった。だから都議会議員や区議会議員などが現場でポスターを貼るなどのピラミッド型の指揮命令系統をつくることはできない。組織選挙は期待できない。

では代わりにボランティアを含め、どういう人たちをどのくらい集めたらよいのか、見当もつかない。選挙費用の見積もり、何にもとづいて判断したらよいのか、基礎データがない。選挙経験のあるスタッフがすぐに集合したわけではなかった。その辺りがまだわからない時期に、石原知事の退任が議会で承認され、僕は知事の職務代理も務めなければならなかった。初日、十一月一日木曜日は神津島へ、ヘリで飛び防災訓練。二日金曜日は東京農業祭開会式、以降、東京都スポーツ功労者表彰式、アフガニスタンのカブールの市長表敬、第二十一回暴力団追放都民大会、東京健康ウオーク二〇一二、九都県市首脳会議、米国寄贈ハナミズキ植樹式、東京マイスター表彰式、産業交流展開会式、東京都ベンチャー技術大賞表彰式と日程が混み合っていた……。

正式出馬は表明していないが、知事代行業務をこなしていると、さまざまな人から声をかけられた。一種の情報収集でもあった。入れ代わり立ち代わり、訪問し訪問された。あらゆる業種には業界団体があり大きなところから小さなところまで事務局があり、宗教団体も大きなところから小さなところまで礼拝施設があり、そのひとつひとつにどう対応していくのか。とりあえずは選挙をよろしくお願いしますと頭を下げてみるのだが、何をどう実際にしてくれるのか、あるいは受け入れるのかやり過ごすのか、まだわからない。不安を抱えていた。

そういう時期に一水会（民族派団体）の木村三浩さんがやってきた。尖閣諸島の問題で、幾度か副知事室を訪れている。石垣市の市長をともなってきたこともあった。一水会代表が鈴木邦男さんから木村さんに交代する設立四十周年パーティが九月にあったばかりだった。ジャーナリストの田原総一朗さんや文芸評論家の福田和也さんや慶應大教授の小林節さんや評論家の西部邁さんらが出席していた。他に「朝まで生テレビ！」に出演した論客が幾人もいた。僕も呼ばれて行った。

その木村さんが、選挙、大丈夫ですか、徳洲会の徳田虎雄理事長は知り合いなので紹介しますよ、と言った。

十一月六日火曜日、木村さんの案内で徳洲会の湘南鎌倉総合病院で徳田虎雄理事長に面会して、石原知事から後継指名されたことを伝えた。ＡＬＳ（筋萎縮性側索硬化症）を患っている徳田虎雄さんは、ベッドに横たわり文字盤を眼で追うことで会話をする。衰弱して動かない身体だが眼だけは仁王のようにかっと見開き強い意志を発している。その姿が印象に残った。しばらくして木村さんから、息子で衆議院議員の徳田毅氏と十一月十四日水曜日に麻布の和食レストランで会食を設定するがいかがですかと連絡が入った。僕は沖縄での日帰りの講演があり、夕飯にはぎりぎり間に合う、と答えた。徳田毅議員と木村さんのほか、徳田虎雄理事長の妻秀子さんと、講演に同行したゆり子も同席している。この過程で僕は資金面での支援もお願いした。

選挙は恐ろしく短期間のプロジェクトだということが実感として理解できていない。朝に提案したことが午後には動き出していくような速度で段取りが決まり、進行していく。決まったこと、決まらなかったこと、その場、その場で方針は変わったりしていた。人任せにして進行していることや、自分で抱え込んでいることなどが混沌としていた。

だが鎌倉を訪問してから十日ほどの間に、支持基盤も固まり、自己資金で賄える目処がついてきた。十一月十六日金曜日には労働組合の連合が僕への支援を申し出てくれ、自民党本部、公明党中央幹事会が猪瀬「支援」を決定し、渋っていた自民党東京都連も、本部に一任すると決めた。また選挙経験のあるスタッフも集まってくれるようになっていた。出馬表明は二十一日水曜日と決まった。

そういうなか十一月十九日月曜日に徳田毅議員から携帯電話で、議員会館においでください、木村さんでなく僕に直接、来てほしいと言われた。それは僕にとって意外な申し出であった。木村さんを介してお借りするものだと思っていたからである。当事者意識が薄いと思われるかもしれないが、あちこちにお願いして回っていたひとつがあまりにもスピーディに剝き出しで現れた違和感があった。

選挙のスタッフや応援体制もかたまってきているので、この申し出をどうするか、迷った。もう大丈夫なんですと断ればよかったのだが、これまでの成り行きもあり、先行きの不安感をすべて払拭できたわけではないので、わかりました、と返事をした。五千万円を借りてきた場合、置き場所をどうするか、咄嗟に、ゆり子に貸金庫が必要になるのでいつもの銀行の小さいやつを大きいのに切り換える手続きをしておいてくれ、と頼んだ。

十一月二十日火曜日夕方、衆議院第一議員会館五階の徳田毅事務所を訪問した。衆議院の解散総選挙で議員会館は空っぽで廊下ですれ違う人もいない。こんなところに来てしまってよいものか、とここでも迷った。徳田毅議員のところですぐに応接のような部屋に案内された。テーブルの上にどこにでもあるような特徴のない紙袋が置かれていた。

紙袋のなかを覗いた。帯封をした紙幣の束があった。数えなかった。「五千万円ご用意しました」との徳田議員の言葉が耳に染み込み、はたと我に返り、特定の人から多額のお金を借りてはいけない、ここに来るべきではなかった、と自分の優柔不断を責めていた。その場でお断りして引き返す決断はできなかった。徳田議員は「ここにサインを」と事務的にA4判の一枚紙を差し出した。「借用証」と「徳田毅殿」と日付があらかじめ印字されていた。金額が空欄で、そこに五千万円と記して、下に罫線が引かれ住所と名前を書くようになっていた。印紙税法上は印紙を貼っていないといけない、ということさえ知らなかった。

後日、都議会で、印紙が貼ってない、あまりにも簡素すぎる、などと「借用証」が後付けで作成された偽物ではないかと追及されたが、借用証については以上が事実である。朝日新聞がこの借入金について報じた二〇一三年（平成二十五年）十一月下旬から都議会での質疑が連日行われた期間、沈黙をつづけていた徳田毅議員が「借用証は、事務所で作成し、目の前で署名してもらった」と発言したのは僕が知事を辞任してから二カ月を経た翌一四年二月二十四日だった。衆院鹿児島二区の選挙で実姉の選挙違反の起訴内容を認め、連座制で議員失職が確実となった段階で議員辞職表明の記者会見で初めて明らかにした。東京地検特捜部の取り調べでも早々に借用証についての疑いは晴れている。

徳田毅議員から借用証に署名するよう求められたときは、使わないで早く返そうと決めた。借用証に署名しないで突き返したら顔に泥を塗ることになるし、味方を敵にしてしまうことになりかねない。紙袋を折り曲げて持参した鞄に入れた。

都議会の質疑は総務委員会で行われたが、質疑時間は長いときは十時間に及び、テレビカメラを意識して、四角い発泡スチロールのブロックを包装紙にくるみ、鞄に入らないではないか、と追及する都議がいた。発泡スチロールのブロックは折ることも曲げることも分割することもできない。それでは鞄に入るはずがない。

五千万円の件は、ゆり子にひとまず貸金庫に保管するよう指示した。事務所のスタッフにもいっさい伝えなかった。何をやっているのだろうと思ういっぽうで、選挙の高揚感に浮足立って安易に何とかなるさと、そのまま先送りにして詰めなかったのは、周りに持ち上げられた僕に傲《おご》りがあったせいだ。

選挙では何が起きるかわからないとの思いもあった。自己資金が不足した場合に選挙資金に充てることがあるかもしれない、落選した場合の当座の生活資金などに充てることがあるかもしれない。でも……と、うまく心を整理できないうちにつぎからつぎへと別の日程へ移っていく。

借入金は選挙終了後に全額返済し、借用証を返してもらって、なかったことにしようと考え、ゆり子に貸金庫に保管してもらったままにしておいた。ただし五千万円のうち五百万円は木村さんから依頼があり、選挙後の一時期、木村さんに貸したがそれは選挙とは無関係に貸したもので、残りの四千五百万円はそのまま貸金庫に保管していた。都議会の質疑で、まったく手をつけていないと説明したが誤解を招く言い方だった。

素人政治家の反省

告示日の十一月二十九日木曜日の午前十一時、新宿駅西口の小田急百貨店前で出陣式、川淵三郎選対本部長と石原慎太郎日本維新の会代表が応援演説をした。考えてみれば政治家になるつもりがなかった僕は街頭演説をしたことがない。選挙カーから聴衆のなかにいるゆり子を見つけた。大丈夫よ、という顔で頷いている。石原さんからマイクを渡された直後、咄嗟に声が出なくて一秒、沈黙。マイクは三本ほど束ねてあった。それから勇気を出して声を張りあげた。ビルに反響しながら音が拡がっていく。学生運動で演説をしたことがあった、その要領かとわかると気が楽になった。五分ほどの演説を終えると石原さんから「マイクが重いからだんだん下がって、最後は口から離れていたから気をつけるように」と注意された。

僕は無所属なので選挙はすべて手作り、ボランティアも組織的な人ではなく知り合いがほとんどだ。選挙事務所に幼稚園から小中学校や高校や大学までの同窓生たち、仕事で知り合った各方面の友人たちがたくさんかけつけてくれ、三十万枚ものビラの一枚一枚に小さな証紙を貼る作業をしてくれた。

陣中見舞いに訪れたた小泉元首相は、笑って言った。

「猪瀬さんほど選挙に不向きな人はいない。頭を下げなくてはいけない。腰を低くしなくてはいけない。猪瀬さん、選挙は人間修養だよ」

夕張市長の鈴木直道君も来てくれた。街頭演説から戻ると、一日の日程を終え、ゆり子といっしょに帰宅した。すぐキッチンに立った。メモを見るとこんな感じだった。

「夜九時帰宅。夕食は野菜炒め、ホウレンソウの胡麻和え、しめさば、福島県の佐久間商店から取り寄せたサバの味噌煮、長崎のさつま揚げ、赤ワイン」

十二月十六日日曜日夜八時、すぐに当確が出た。選挙事務所でゆり子がお礼を述べた。連日の睡眠不足と疲労で眼が少し赤く充血しているが、僕より堂々としていた。

「わたしたち夫婦はよくしゃべるんですね。家に帰っても二時間から三時間、その日の一日を振り返ったり、明日明後日の予定をチェックしたりしていくうちに、いつしか（夫の）眉間のしわも消えていきまして、僕は何人かの候補者のなかでいちばんよい環境にいるんだなと言うんです、最後は。そして眠ってくれるんですね」

慌ただしい選挙が終わり、すぐに初登庁、息つく暇もなかった。予算作成の日程も詰まっている。十二月二十一日金曜日には、オリンピック・パラリンピック招致委員会の理事会が開かれ、石原前知事を引き継いで知事となった僕が会長に選任された。オリンピック招致の支持率が六六パーセントでは、八〇パーセントぐらいの他都市に見劣りする。世論を喚起しなければいけない。初登庁の日に、各局にツイッターのアカウントをつくるよう指示した。三日後、都庁全二十七局で三三アカウント、東京マラソン財団など関連組織なども含め五一アカウントができた。

年明け、ロンドンへ行かなければいけない。オリンピック・パラリンピックの立候補ファイルの提出は一三年（平成二十五年）一月七日が締め切りである。この日をもって招致活動は正式に解禁となる。ロンドンで東京をアピールするため、記者会見を設定した。海外メディアを含む六十三社の報道機関が集まり、アピールは好意的に受け入れられた。立食パーティを開いて外国人記者たちに顔を知ってもらった。かたわらのゆり子を紹介した。

「僕は妻と毎週、テニスをやります」

黒いフォーマルスーツを着たゆり子が微笑み、お辞儀をした。

選挙後から休みなく、ゆり子も行動をともにして慌ただしい日々を過ごしている。

帰国してからも予算の査定作業がつづき、遅い帰宅の僕の食事を用意して、語り合い、また僕より早く起きて、スーツやシャツ、ネクタイを準備した。

選挙後、ずっと気になっていた徳田毅議員からの借りた五千万円を返す段取りを組まなければいけない。木村さんに連絡した。二月四日月曜日夜にレストランで徳田毅議員と会うことが決まった。木村さんから僕に届いた会食の案内状は一月二十九日付だった。だが会食当日の午後、徳田議員の女性スキャンダルが週刊誌に載りそうだということで急遽、キャンセルとなった。国土交通政務官を辞任するなどの騒ぎになり近づけない。

その後、僕は知事職に忙殺されることになる。初めての予算議会が始まり、その開会中の三月上旬にはＩＯＣ評価委員会（調査団）が来日、東京の開催能力の高さをプレゼン、四月に入るとニューヨークへ出張、帰国してから「ニューヨーク・タイムズ」の発言をめぐる対応に追われた。それでも返却を急ぐため、ゆり子に頼んで五月の連休明けに、保管していた借入金を事務所に近い都心の銀行の支店から、僕の自宅がある郊外の銀行の貸金庫に移した。知事選挙のころから僕は生活の本拠を郊外の自宅に移していた。自宅の近くにあれば、アポイントさえ取れればすぐに持ち出せるからだ。

しかし五月の下旬にゆり子の病気が判明し緊急入院、サンクトペテルブルクから戻ったところで手術、その数日後、昏睡状態に陥った。七月二十一日日曜日にゆり子は亡くなるが、僕は預金通帳がどこに仕舞ってあるのかすら知らない。

ゆり子とは、いざというときに何がどこにあるかと話し合ったことはない。手当たり次第に抽斗《ひきだし》という抽斗を開けてみた。するとポイントカードなどが束ねてある抽斗に、貸金庫のものと思われる鍵があった。銀行に問い合わせてみると名義は妻ゆり子だから夫の僕でも開けることはできない。

貸金庫を開庫するには手続きとして僕が正式な相続人であることを証明しなければいけない。相続の手続きはかなり煩瑣《はんさ》で移転した戸籍を出生まで辿り、住民票や印鑑証明だけでなく除籍謄本、改製原戸籍など多岐にわたる二十種近い書類が必要となった。

金庫が開けられたのは八月二十四日土曜日、ゆり子の三十五日法要の日であった。鈴木特別秘書には八月初旬に五千万円の経緯を説明してあった。急いで返却してほしい、と伝えた。多忙な自分が抱え込んでいたままではずるずると延びてしまう。鈴木秘書は早速、返却の準備に取りかかったが、五輪招致レースの最終決戦、ブエノスアイレスでのＩＯＣ総会が直前に迫っており、鈴木秘書自身も同行しなければいけない。

鈴木秘書はブエノスアイレスから帰国後の九月二十五日水曜日に、木村さんに貸した五百万円を返してもらったうえで、徳田議員の母親の徳田秀子さんに五千万円を返却した。「借用証」は返ってきた。

僕は十二月十九日木曜日に知事を退任すると表明した。五千万円は選挙に使っていないことは、その後の特捜部の調べでも明らかになった。

東電病院について誤解があるので説明しておきたい。副知事時代、二〇一二年（平成二十四年）一月に東日本大震災で起きた福島第一原発事故をきっかけに東電の経営は危機に瀕したとして値上げを通告してきた。ちょっと待て、ツケを消費者に転嫁する前にメタボリックな企業体質を改善しコスト削減をしなければいけないと問題提起した。ゆるいコスト構造の象徴として社員だけが受診できる病院を都心の一等地で赤字経営していると指摘し、株主総会で売却を求めた経緯があった。

そこで五千万円は、徳洲会が東電病院を取得するための賄賂ではないかとの疑いがかけられた。「便宜をはかったのではないか」と新聞で報じられたが、徳田虎雄理事長や徳田毅議員からも、何らの依頼を受けた事実もなく便宜をはかった事実も、いっさいない、とメディアでも都議会でも答えた通りである。

特捜部も現金を借りた以降の行動記録を洗いざらいチェックしていたが、徳洲会側と僕がまったく連絡を取り合っていない事実を確認しているはずだ。アマチュアの僕はお金を借りた人に便宜をはからなければいけないという発想もなかった。永田町のプロフェッショナルな政治家では常識なのかもしれないが、僕にはこの感覚が欠落していた。借りたものは返す、という意識しかなかった。そもそもこんな誤解を招く五千万円を借りるべきではなかった。

二〇一四年（平成二十六年）三月二十八日金曜日に選挙の収支報告書に五千万円が記載されていない、との事実から公職選挙法違反で略式命令、罰金五十万円（公民権停止五年）の処分を受けた。

「今回の五千万円につき、選挙後の生活費等に使うかもしれない個人の資金として説明してきましたが、それは事実です。反面において、徳田虎雄氏や徳田毅氏に対して選挙を前提に話すなかで資金を用立ててほしいとお願いし、実際にも万が一自己資金で足りないとなれば選挙資金として使う可能性があったことも事実であり五千万円が選挙資金としての側面もあることは否定できないと考えています」

その日の記者会見で以上を述べた。

あらためて記したい。僕の軽率な行動が都民の負託を裏切ることになり、お詫びするしかない。石原慎太郎さんから渡されたバトンをつなぐことができなかった。都知事選挙を差配してくれた特別秘書はじめ僕を支えてくれたスタッフまでもが疑いの眼で見られ、耐え難い苦痛を与えてしまった。彼らには何の罪もなく責められるべきは僕一人だ。妻ゆり子に対しても、僕の自分勝手な行為について詫びる機会を得ぬまま別れたことが痛恨の極みである。

二人三脚

ゆり子といた時間と空間に戻りたい。

二〇一三年（平成二十五年）三月初旬、有明コロシアムは屋根がついているものの肌寒い。ゆり子は短いパステルピンクのスコート、七分丈の黒のレギンスに、白いウィンドブレーカーを着て、僕と並んでコートに立った。

パラリンピックのゴールドメダリスト、国枝慎吾選手とテニスのエキジビションマッチをやるにあたって、あらかじめ身体を温めておかなければいけない。日本プロテニス協会理事長で女子テニスの世界進出の先駆けとなって活躍した佐藤直子さんにも参加していただいた。本番に備え、四人でダブルスの練習ゲームをはじめた。

国枝選手は車椅子テニスのメジャー大会で、シングルス二十六勝、ダブルス十九勝の歴代最多記録を誇っていた。「日本人はなぜ勝てないのか」と訊かれたウィンブルドン選手権七回優勝のロジャー・フェデラー選手が、「日本にはクニエダがいるじゃないか」と答えたエピソードは有名である。

三月一日金曜日、IOC評価委員会のメンバー一行が立候補都市視察のため来日した。委員長は七十二歳のサー・クレイグ・リーディ（リーディ卿）である。紺色のジャケットに深いブルーのストライプ柄のネクタイを締めた白髪の紳士を、ホスト役の僕はゆり子とホテルで出迎えた。

リーディ卿が率いる評価委員会は、東京の「通知表」をつけにきたのである。評価委員会は施設予定地を直に検分して回る。仕掛けが必要だった。メジャー大会のチャンピオンの国枝選手に球を打ってもらって、僕がスマッシュを決める。そこで会場を訪れた評価委員会のメンバーを迎えるというサプライズ演出だ。

スポーツ施設の予定地だけでなく、東京そのものをどう感じてもらうか。官邸と宮内庁に幾度も足を運んだ。東京の中心に皇居があり、緑に囲まれた「無」の空間がある、と示したい。それが日本人のホスピタリティと深いところで結びついているからだ。

皇居の面積は一一五ヘクタール、奥行きがある。二〇〇六年（平成十八年）にIOCのジャック・ロゲ会長が来日したときには、天皇、皇后両陛下とお会いになっている。宮殿にロゲ会長が入っていくと襖があり、また一歩入ると襖がありと、だんだん敷居が高くなって、最後さすがの会長も緊張したらしい。次第に表情が変わっていったという話を同行したＪＯＣの竹田恆和会長から聞いていた。だからこそ、僕は評価委員の皆さんにも「空虚の中心」を見てほしいと思った。

だが、宮内庁長官はどうしても首を縦に振らない。ロゲ会長が天皇陛下を表敬したなら、評価委員長は皇太子殿下にお会いになるのが筋だという。たしかにその通りだ。

東宮御所の皇太子殿下を表敬訪問していただくことになった。それでも赤坂御用地は五〇ヘクタールで皇居の半分近い面積がある。皇居と比べると奥行きが足りないので、敷地内をぐるっと一周回って、アプローチが長くなるように配慮していただいた。宮内庁長官と話し合って権田原の正面入口でなく、青山通りの虎屋の方面から入って庭園を大回りしながら森のなかの奥まった建物に入っていく感じを演出した。

リーディ委員長ら関係者十七名の皇太子殿下への表敬訪問が実現した。

リーディ委員長は記者会見で、「皇太子殿下を表敬できたことは国民がオリンピック・パラリンピックを支持している証しだ」と言ってくれた。オールジャパン体制を印象づけることができた。おもてなしの心は伝わったのだ。

リーディ委員長ら一行をホテルの玄関で見送ったあと、リポーターのマイクが「今後もいっしょに招致活動をしていくのですね」と、ゆり子に振られた。

「できることは頑張りたいと思います。（夫の）健康と、（わたし自身も）新しいいろいろな経験を楽しむという気持ちでいっしょに進んでいます」

その三カ月後にはゆり子が危篤状態に陥るなかでスイスのローザンヌへ行ったことはすでに記した。招致活動という長いマラソンレースは終盤で、フェリペ皇太子を切り札として登壇させたマドリードがリードしていた。

フェリペ皇太子の登場で先行するマドリードに土壇場で追いつき、追い越すために、ブエノスアイレスのＩＯＣ総会のプレゼンテーションにはサプライズを用意しなければと考えた。

七月のローザンヌで、フェリペ皇太子という切り札を切ったマドリードはロングスパートをかけてきた。帰国後、僕はその報告も兼ねて宮内庁を訪れた。フェリペ皇太子のプレゼンテーションがどれだけＩＯＣ委員の心を打ったか、その臨場感を伝えたかった。サプライズ作戦は必至であると考えた。宮内庁へはこれで何度目の訪問になっただろうか。

ローザンヌのプレゼンを終えて帰国してから毎日、公務の戦場と病室の静寂の間を行き来した。

七月二十一日日曜日、僕は早朝からフジテレビの「新報道２００１」に出演した。日本のお家芸である伝統スポーツの柔道界で不祥事が相次いでいた。オリンピック招致の正念場で国際的な信用問題になりかねない事態だった。スポーツは殴ったりして指導するのではなく言葉で説明して考える、それがトレーニングの基本なのだ。

「スポーツというのは言葉でどれだけ説明できるか。先日、陸上四百メートルハードルの為末大さんとお会いした際、走るとき腕を振る姿勢は肘で太鼓を打つようにしたらよい、と教えられたのです。そうすると自然と脇が締まってくる。ただ、脇を締めろ、と指導されてもなかなかできない。僕もときどきランニングをするのですが、そうすると確かに姿勢がよくなり、スピードに乗ることができたのです」

スポーツをすることで考える力をつくる、そして夢をもつためにオリンピックを招致するのである。

仕事場へ戻り、スーツを脱いでふだん着に換え、病室へ行った。部屋に入ると、モニター画面をすぐに見るくせがついてしまった。ゆり子はいつもと変わらない、穏やかな寝顔であった。泊まり込んでいた息子が、「昨日は夜遅くまでずっと見守っていたけれど、安定していたよ」と、簡易ベッドに腰かけて少し眠そうな顔で言った。「いまテレビ出ていたんだよ」とゆり子に語りかけた。娘が来て、豊田さんも来たので、息子は帰った。

……数時間経ったろうか。モニターの画面の波が乱れてきたので看護師さんを呼んだ。手術の執刀医師が来た。帰宅した息子に電話して、すぐ病室へ戻るように伝えた。

ゆり子は苦しむことなく家族に見守られ静かに永眠した。医師は時計を見てから「午後三時三十六分です」と頭を垂れた。医師にお礼を述べようとしたら、胸が詰まって言葉にならない。

ゆり子は身内だけの静かな葬儀を望んでいたと思うが、その日の夜のうちに情報が漏れてメディアでニュースとして報じられてしまい、急遽、通夜と告別式を青山葬儀所に決めた。

読経のあと会葬者にお礼のあいさつをしなければならない。かたわらの娘に、小さな声で、「これからあいさつをするけれど、途中で込み上げてしまって最後まできちんと言えるか、自信ないな……」と、ささやいた。娘は「そうなったら、そうなったで、いいじゃない。おかしくないよ」と、涙目で笑った。

晴れていた空がにわかに曇り、雷が鳴り響いたと思うと暗くなり、驟雨《しゅうう》が地面を叩く音が聞こえた。

ご多用中にもかかわらず、ご会葬いただきまして感謝申し上げます。昨日は、福島におられる天皇皇后両陛下から弔意のお言葉も賜りました。妻ゆり子は、夏の朝、庭にユリの花が咲き誇る中、生まれました。そして、ゆり子と命名されました。いま、皆様の温かいお心をユリの祭壇の中で、しっかりと受け止めて永眠しております。

僕が十九歳、ゆり子が十八歳のときに、眼と眼が合ったその瞬間、光の速度で神の啓示を受けた如く、一心同体で生きることを決めました。

最近、テニスのフォアのラリーが三百回つづきました。息が合っていないとできません。

年末に東京都知事として、急な予算編成とそしてオリンピック、都議会、いろいろと仕事がつづきましたが、一月十日にロンドンで東京オリンピック・パラリンピックの記者会見を妻とともにして、レセプションを行いました。

三月にIOC評価委員会のクレイグ・リーディ委員長が来日した折には、妻とともに迎え、そしてまた車椅子テニスのチャンピオンの国枝選手とのラリーをいっしょにやりました。

そして四月にニューヨークのブルームバーグ市長に会い、またジャパンソサエティ等でレセプション、妻とともにやりました。

五月末、ちょうど大相撲夏場所の千秋楽の日でありました。翌日、サンクトペテルブルクに出発するということで、二人でトランク二つ並べて荷造りをしておりました。妻の言葉が少しもつれるので軽い脳梗塞かと思い、大相撲・千秋楽の都知事杯授与の行きがけに病院にいきました。そして帰りに結果が出まして、悪性脳腫瘍で余命数カ月と宣告されました。

まさかと思いました。

サンクトペテルブルクへは僕がもちろん一人で行きましたが、今度はスイス・ローザンヌのプレゼンテーションの前の日に危篤になりました。帰るまで待っていてほしい、そう思いました。待っていてくれました。

そして、こちらもまた大相撲名古屋場所の千秋楽の日でした。妻は永眠しました。しかし、表情は非常に安らかで苦しんでいません。

誰もが死を迎えます。僕とゆり子は四十七年間、とてもよい、幸せな日々を過ごしました。これから、妻ゆり子のぶんも抱えて、オリンピック招致活動に臨みますが、苦しまずに安らかな寝顔のまま、今日皆さんをお迎えできて、皆さんのお心を届けていただいて、受け入れることができて、ほんとうに感謝いたします。

皆さん、今日はありがとうございました。

ブエノスアイレスのプレゼンテーションは、高円宮妃久子さまにご登壇していただくことが秘かに決まった。サプライズ作戦が実った。

登壇した高円宮妃久子さまは、流暢なフランス語と英語で、東日本大震災復興支援への謝意を述べられた。

チーム・ニッポンは安倍首相以下、ベストメンバーで臨んだ。オリンピック招致には金メダルしかない。九月七日土曜日は、ゆり子の四十九日にあたる。負けられない。

娘からメールが届いた。

「落ち着いて本番に臨んでね。ママはいまパパとブエノスアイレスにいる。被災地の人たちへの想いを胸にプレゼンを!」

僕は、妻の写真を収めた胸の銀の小さなロケットペンダントに掌をあて、決定の瞬間を待った……。

*

僕は作家である。ゆり子は、ときどき不満を言った。

「わたしのこと、一度も書いてくれたことないじゃない。いつか書いてね」

聞き流していた。僕の流儀として私小説は書きたくない。

余命数カ月と、突然、宣告される一年前、僕はゆり子に「一度だけ花嫁衣装を着て写真を撮ろうよ。夜汽車にのってきたままだからさ」と言ってみたことがある。

その夏、テレビのインタビューにゆり子が僕といっしょに一度だけ、登場した。

「どんなきっかけでご結婚なさったのですか」

そう訊かれたとき、ゆり子へ視線を向けると、あどけない表情で掌を小さく振りながら「言って、言って」と合図している。でも僕は「書かないことは言わない」とまた理屈を並べてしまった。

お気に入りの青いロングのワンピースを着たゆり子の立ち姿は美しく映っていた。「花嫁衣装の写真、もうこれでいいわ」

嬉しそうだった。

僕たちは何と長い時間をともにしてきたのだろう。いま思い出をつづりながら、ゆり子が好きだった「学生街の喫茶店」（作詞　山上路夫、作曲　すぎやまこういち、唄　ガロ）のＣＤを聴いている。

君とよくこの店に　来たものさ
訳もなくお茶を飲み　話したよ
窓の外　街路樹が美しい
ドアを開け　君が来る気がするよ
あの時は道に枯葉が
音もたてずに舞っていた

……

そうだ、さようなら、と言ってなかった。

（了）

あとがき

妻ゆり子が亡くなってから早いもので一年が過ぎ去りました。七月には一周忌と納骨法要を済ませることができました。

マガジンハウス書籍担当の広瀬桂子さんから、一冊にまとめたらどうでしょうか、と熱い気持ちが伝わるお手紙をいただき、重い腰をあげてようやく筆を執る気になりはじめました。そのうちにこの本を書き上げることが長年連れ添ったゆり子への何にもまさる供養だと思い、実際に妻の残した保育園の連絡ノートや学級日誌などをひっくり返しているうちに、ゆり子と僕の過去の出来事が折り重なって小さな歴史となり立ち上がってくるのでした。広瀬さんと、後押しをしてくれた書籍出版局長の鉄尾周一さんには、ほんとうに感謝したい。

多くの皆さまがゆり子の死を悼んでくださいましたが、こうしてまとまった形でいまご報告できるのは作家だからで、ありがたい天職だとあらためて思う次第です。

娘や息子夫婦、豊田佳美さん、鈴木重雄元秘書をはじめスタッフとは、急な展開のなかで悲しみを分かち合い慰められることが多々ありました。病院の医師や看護師さんたち、あのときは充分にお礼を申し上げる暇もなくゆり子の亡骸とともに慌ただしく去りましたが、あらためて感謝いたします。本書にも登場する東京五輪招致で活躍してくれた仲間たち、いっしょに涙を流してくれてありがとう。

二〇一四年九月　　西麻布の寓居にて

猪瀬直樹

猪瀬直樹　いのせ・なおき

一九四六年長野県生まれ。八七年『ミカドの肖像』で第十八回大宅壮一ノンフィクション賞。二〇〇二年六月末、小泉純一郎首相より道路公団民営化委員に任命される。東京大学客員教授、東京工業大学特任教授などを歴任。二〇〇七年六月、東京都副知事に任命される。二〇一二年に東京都知事に就任、二〇一三年十二月、辞任。主著に、『ペルソナ　三島由紀夫伝』『ピカレスク　太宰治伝』『道路の権力』『道路の決着』（文春文庫）、『昭和16年夏の敗戦』『天皇の影法師』（中公文庫）、『猪瀬直樹著作集　日本の近代』（全十二巻、小学館）がある。

表紙撮影　加藤　淳

ＪＡＳＲＡＣ出　１４１３１２８－４０１

さようならと言ってなかった　わが愛　わが罪

二〇一四年十月三十日　第一刷発行

著者　猪瀬直樹
発行者　石﨑　孟
発行所　株式会社マガジンハウス
〒一〇四-八〇〇三　東京都中央区銀座三-一三-一〇
書籍編集部　☎〇三-三五四五-七〇三〇
受注センター　☎〇四九-二七五-一八一一
印刷・製本所　中央精版印刷株式会社

ISBN978-4-8387-2715-5 C0095